梦想诊所的北方和雪

阎安 著

上海文艺出版社
Shanghai Literature & Art Publishing House

目　录

我们曾在玻璃上谈话

技术风景时代的悬崖和空虚

一条鱼的七种命运

纸面具与黑暗

附录

我们曾在玻璃上谈话

到地平线上打篮球

到地平线上打篮球
在云的操场上　顺便看看
那些比飞翔更快地消逝的事物
一架飞机或某种不明飞行物的残骸
被树枝挂得七零八落的塑料布
鸟的不顾及彩色羽毛的骨架
和另一个地平线上　另一个云朵
怎样像鸟巢一样停留在风的头顶
停留在刚够眺望的苍茫的头顶

我们到地平线上打篮球的那天
很不巧遇上了刮大风
眼前的大草原　因为连年多雨
已变成茫茫无边的大沼泽

我们坐在地平线上　像鸟攀缘着电线
看着一望无际的沼泽远去

看着风把一颗贪玩的篮球
吹气球一样吹到沼泽深处
吹到更远的地平线的弓弦上
与一朵更远的云发生了碰撞

更远的地平线　一朵比我们更贪玩的云
像一个不明飞行物飞越着阴影
与沼泽尽头的天空和天空空虚的蓝
与一颗篮球辽远而荒凉的寂静
以气球和自由之轻　融为一体

驯养师之歌

最会驯养植物的是中国人
最会驯养海水的是英国人
最会驯养星空的是法国人
最会驯养钢铁的是美国人和德国人
最会驯养河流的是恒河边上的印度人
最会驯养沙漠和仙人掌树的人
是俄罗斯人　埃及人还是尼日利亚人
最会驯养飞鸟　譬如鸽子和鹰的人
是古希腊人荷马还是蒙古人成吉思汗
这些都像传说一样尚无定论
犹如飞机和飞马　鹰和流星潮
它们离魔鬼近还是离天使近
哪个比哪个更胜一筹
这些答案都还在神话和谣言之间飘

海水还没有被太阳和自我的火熬干
高山还没有被风沙和时间抹平

北极和南极的雪还没来得及化完
很多事情发生在噩梦里但还没有发生在眼前
月亮和星星还一直没有掉入古井里
很多人还站在地球边上放风筝
很多人还睡在房子里下蛋似的做梦
很多河流还不能在大海里寻找自己
犹如自己和自己玩魔术　流着流着就不见了
很多鱼还不知道湖泊和悬崖的出口

很多像战地救护绷带一样的道路　断掉之后
像一节节被旧火车站废掉的断轨一样
斜插在城市　平原和悬崖的沉默之中
和一个做梦不醒的人
梦的深处和肋骨的深处

而最会驯养恒星和花蕊中心露珠的人
他居住在地平线外的梦想诊所之中
像连接断线头一样　他正在缝合
那些断裂的梦的肢体　以及包含其中的
断裂的地平线　之后他将归来
一个驯养师隆隆作响的行程已确定无疑

一堆绳索堆积在海边

一堆湿漉漉的绳索堆积在海边
像被谁遗弃了一样　像一个试图捆绑海水的噩梦
遭遇了蔚蓝色的大海和鲸鱼的深度反抗
失败者犹如废弃之物被沙滩搁浅

一堆堆积在海边的湿漉漉的绳索
让我想到了包含在海水中的伤口和呼吸
它怎样忍痛平衡了鲸鱼和季风
神秘深渊中的方向　潜伏和旋转
马里亚纳海沟倒立在一颗星球深处的高海拔
怎样平衡了寒冷　黑暗和致命的重量
闪电也点不亮的沉默与火山的关系
怎样平衡了星星和星星之间人所不知的撕裂
怎样用海水深处的一无所有　平衡了
整座大海　无边无际的盐和火焰

一堆湿漉漉的绳索堆积在海边

堆积在看海的人已被驱赶殆尽的沙滩上
背海而行的人　兴奋地谈论着控制和嫉妒
谈论怎样把海水用两根手指夹住
像夹住一只扑火扑空了的雄飞蛾

然后把它像废弃的绳索一样扔出去
让它死得比绳索更难看

我的睡眠和你的睡眠不一样

我喜欢你像婴孩一样的睡眠
你的好得从来不做梦的睡眠
就像你至今仍在谈论　月牙造型的泉水
被黑蛐蛐和红蜻蜓像树叶一样攀缘的草丛
借助它们你从不害怕黑暗和鬼

而我的睡眠里到处都是梦
就像一个梦的机关重重的雷区
到处都埋着种子一样的地雷
一个地雷被不慎踩响之后
另一个地雷就会紧跟着响起来

一个梦接着一个梦　没有主人公
多么广阔的光秃秃的雷区
不见野花野草和土拨鼠的踪影
铁丝和地平线令人心惊地连在一起

它们像又长又细不可捉摸的引线
牵引着蓝色天空和虚无的脸
弯曲成凭借悬崖向往天边的穹形

我们曾在玻璃上谈话

我们在一座比高楼更蹊跷的悬崖上谈话
我们置身在一个玻璃平面上谈话
我们像一个一无所有的平面一样平静

我们把悬崖　山峰和不小心
掉下去就会碎裂一地的玻璃
危险高度上像梦一样悬置的玻璃
鸟不慎撞上去就会炸裂的玻璃
梦像棉花一样　像内容不明的包袱一样
像滚烫的蜂巢一样摇摇欲坠的玻璃
像云一样藏在比一场失败的飞
更难掌控的悬空的玻璃
掌控在很难掌控的玻璃平面上

我们谈论了脆弱　玫瑰　易碎的瓶子
和装在瓶子里的许多摇摇欲坠的事情
风参与了我们的谈论　平面上的玻璃

就像海平面一样　我们相视一笑
把包含着裂缝的玻璃一样的许多事情

像喜欢深海的鱼一样慢慢地沉入海底

论正确的桃花应该怎样开放

桃花你就等在春天开
在草丛里的白雪刚刚化完的山坡上开
在粉红的颜色中粉红地开
在简单正直黑乎乎的枝条上开
等那条花斑蛇在子宫形的曲颈瓶里
伸了伸懒腰　正式睡醒了你再开
等我那个爱花但又怕蛇的小妹妹
白的像梨花一样的小妹妹长大了你再开

等我梦中的怪物一个个都死完了之后
等我能把闪电像棍子一样握在手里
打蛇打偷吃的鸟打果子的时候
在我干干净净　没有一片落叶的梦里开

在世界的分水岭上

我不在乎围拢着你四周的群峰和峡谷
以及包含其中有着怪物风格的未知
有关大人国或小人国　乌鸦　麋鹿或者九头鸟
我不是与生俱来的穿越者　我有懒惰
盲目　嗜睡症　喜欢借助风力体会脉动的洁癖
我有风的习性　不想知道的太多
但此时我需要你岭上不断更换角度
锥子一样向上倒立的山顶
我需要站在山的锥尖上　不断更换角度
沉醉和迷茫并用地眺望　徘徊或犹疑

此时我像极了一个梦中跳伞落地的人
带着某种无来由的失落和不可靠性
我处境糟糕　需要回到真实
就像一只重伤初愈不知所以的大鸟
突然被推向一座闻所未闻的绝顶
四周都是空山　和比空山更空的空谷

它需要试着起飞　试着用略显麻木的飞翔俯冲
并经历那阴郁和明亮参半的分水岭世界

有关分水岭　那种只有空虚才能平衡的现实
那种只有险境丛生的飞才能建立起来的
只有大鸟世界才配享有的镜中水月般的真实性
我需要与你盲目的山尖指着天空同样多的盲目
需要一种充满了纵容也充满了压制的穿透力
用蜘蛛织网也落网般的耐心

去穿越你脉络不明的未知和迷境

摘果子的人和一个奇怪的梦

我在火车上读你的书
也曾在略感晕眩的飞机上读你的书
一本讲述花朵　果子和孕妇之间奇妙关系的书
我猜想你一定是个摘果子的人　但并不专业
那些果子都是一座废弃果园里自生自灭的果子
你是一个隐居在郊外的果园看门人
一个在草丛　星星和露珠里做梦的人
你摘的果子都是枝头无主的野果子

这并不奇怪　我最近做了一个彻夜不息的梦
一个关于你蓬乱的头发酷似鸟巢的梦
你端起一只瓷碗像穷人一样埋头喝水
在另一只蓝色瓷碗里　你养了一黄一黑两条鱼
你不停地把喝剩的水添入有鱼的碗中
然后不断压低身体　为了与鱼靠得更近
你和鱼亲密地低语　几乎是用嘴唇亲吻水面
仿佛一个梦与另一个梦在梦里低语

仿佛那条黄鱼是月亮和星星之神在世
黑鱼是可以像阴影一样穿越边界的使者
而你　假装在废旧果园里摘果子的人
正在完成一部关于星星、鱼和秤锤的创世之书

在黑暗中谈论雾和末日的人

我们还未进入传说的浓雾区域
你就在大家之中　有一副被凝视垂直放大的表情
和慵倦恍然中略含旋律感的音调
你一路上不停地谈论着雾
你说你的下半身或者身体的另一半
已在深深的雾中　被雾侵袭

我看到雾都在巨石蓬勃的山上
还有一小块在瓦蓝色的悬崖上
那里有一棵深红色的野生树
雾慢慢地坠落　垂直向下
把红色的树和瓦蓝的悬崖含在雾中
这一切你也看到了　但你视而不见
仍然喋喋不休谈论着雾和身体的关系

我们一同去一个雾的圣地看雾
路途迢迢　半途上就到了天黑

黑暗中你仍然在谈论雾　甚至谈到末日

你说浓雾中有一只老虎因为风湿病在咳血
有许多穿红戴绿的男女在浓雾中失去了消息

未名之恨纪事

一条鱼化成龙的那一刻
是一些同类的鱼沉在深渊里
最恨鱼的时刻
恨天恨地恨自己　恨
刀形的尾巴无论怎么甩打都砍不断水

不长翅膀的龙飞天的那一刻
是一些渔民最恨河流和大海的时刻
恨河流太宽　海水太深　波浪太急
偏心眼的错峰偏偏错过了几轮大鱼汛

是一些鸟　尤其是乌鸦和鬼号鸟
最恨弓箭　利刃和禁枪令
也最恨翅膀和风的时刻

麦粒肿在一封信中熟睡

你来信说你将在一个梦里直接沉睡
在呈现着花朵轮廓的粉红色的梦里
像一条胎生的大鱼一样热血沸腾
你有能力吹出充满整座大海的气泡
让大海在大海的深处像鱼一样一直保持醒

在信中你还描述了包含在时间
和深度海水中的沉船　跳海者
佩戴着金属盔甲和海藻面具的自由落体者
有一种充满了阴影的种子　为了摆脱阴影
怎样像刺客一样　刺穿了万物的咽喉部位
像一颗麦粒肿一样就地选择安家落户

你还随信寄来了一些饱经沧桑的野生性杂物
几朵具有齿轮般硬度的旧向日葵花盘
我同情这些包含在旧事物里预言般的空
作为一种善待　我已把它们安放在雪和落叶之上

就像你信中尊重自我的睡眠　也尊重
一颗种子像麦粒肿一样选择在咽喉部位的睡眠
现在它们也在我的花园里　在星空下睡眠
野猫在夜晚的号叫也叫不醒它们

飞鸟观察记

那只颜色还没有发育成熟的鸟太年轻了
它的翅膀摩擦空气的声音
就像一架小型号的波音 747
被一场大雪卡在了望尘莫及
分不清云雾界线的对流层里
正用莽撞　犹疑和喘息般的战栗
控制耳鸣和心跳

用一天时间思念孔子的样子

一整天望着天空发呆
天空一无所有
很像晚年孔子的后脑勺

一整天望着天空发呆
不留心晴空已是夜空
夜空中晚年孔子的后脑勺
像北斗七星一样
幽冥而灿烂

写在世界孤独症日

今天是世界孤独症日
请关心那些因为人所不知的孤独
而停留在三岁以前的玩具城里
在贪玩中忘记了回家的小孩

请关心那些因为父母离家外出打工
而停留在五岁的哭泣和思念中的小孩
请在一只打翻在地的墨水瓶旁边
像扶正无限倾斜的夕阳和向日葵一样
帮助他们扶正风中倾斜的身体和梦

请关心那些喜欢滑冰车　喜欢独自外出
被堵在墙角遭受暴力围殴　被父母和老师
共同唾弃从而停留在十岁左右的小孩
请在上学和放学的路上找到他
请在小巷和郊区的黑暗中找到他

请关心那些停留在三岁　五岁和十岁左右的
中年人　老年人　鳏夫　独居者和情绪失控的人
叫出他们三岁时的名字　五岁时的名字　十岁时的名字
要大声地叫　温和地叫　叫魂一样地叫

把他们从黑暗中叫醒

鬼号鸟

世上没有这种鸟
这种鸟截至目前为止
任何一座古怪的山　任何一棵古怪的树
任何一片中了邪忘了凋零的树叶
都未曾见过它的存在

这种鸟出现在我的一首诗里
当时这首诗需要写到两只坏鸟
我先写了一只人尽皆知的
可另一只　因为需要和鬼有关
试了好多种鸟都不经推敲
可想一想　世上有那么多的鬼
穷鬼　饿鬼　死鬼　吸血鬼　砍头鬼
肯定有一种鸟始终要和它们在一起
守着鬼的鸟肯定不会歌唱但一定会号叫
像鬼一样不知在什么地方号叫
于是我几乎是在灵感一闪之间

写下了另一只坏鸟的名字：鬼号鸟

鬼号鸟　这是我在一首写鬼的诗里
为鬼专门创造的一只世无所见的鸟
在我的诗里它仅仅出现过一次

我保证：下不为例

白色少女的海边一日

蔚蓝色的海水里也有探头吹泡泡的鱼
不是大海　而是这由蓝变白的细节令她着迷
她向来不喜欢过分华丽和宏大的事物
一条披着彩虹为大海织布的龙
众人欢呼着　却被她摆摆手一再推托
搁浅在又荒凉又辽阔的海岸沙地上

她太白了　也太年轻　阅世太浅
不知道自己的白正在搅动永恒
波澜微卷的大海此时已接近温柔
困在海边的沙滩上　一群与大海不相称的小事物
一群白色螺壳里午睡完毕的小海螺
一群在湿漉漉的沙地上横行移动的小螃蟹
追逐着她的被海水刚刚泡过的白
而躲过追逐　她也在追逐它们

但后来　在海风吹得大起来硬起来的时候

在潮水般的人群渐渐退出沙滩的时候
她终于感到了迷惘　一种空旷的困惑
她看见更远处　一棵椰子树上筑巢的海鸥
一种与她白亮的脚脖子同样白的白
以整座大海浩瀚无垠的空旷为背景
一高一低　一远一近　某种力不从心的对称
使整座海岸在微风中坠落般晃动

吹气泡的女孩

她喜欢坐在阳台上朝着天空吹气泡
然后细心观察它们在风中飞翔　破碎
天气不好的时候　她把自己关在房子里
端着干净明亮的水杯继续吹气泡
气泡飞上屋顶的样子很安静　很好看
又白又亮　像极了她做梦时的样子
和她对着镜子红唇皓齿独自微笑的样子

吹气泡的女孩　她有拒绝示人的秘密
正如她有独处症　孤独的花园
高墙围拢　野花顶着天空的蔚蓝盛开
不安分的蒲公英在天空飞呀飞
就像她吹到天上的气泡在飞呀飞
她喜欢待上整整一天　或者一个季节
和一只猫（顶多两只）守着慵懒的墙角
守着只有草丛和小花　野蜂和知更鸟
才能配得上的未名的寂静

吹气泡的女孩　她渴望气泡一样的轻
或者世界的沉重变轻时的样子
她的理想是成为一名气泡表演师
教会人们避重就轻　轻轻地生
轻轻地死　轻轻地
就像永生一样
就像寂静本身

落在北方雪地上的芒果

这就是一种结在热带树上的果子
这就是一种离太阳和赤道最近的果子
这就是一种长得像太阳
但歪歪扭扭不像太阳那么规则的果子
这就是一种拉长了脸追逐太阳
但追到了紫红脸色还未追到火种的果子
这就是一种种子特别大　特别蛮横
把强盗的匕首也能折断半截的果子
这就是一种追逐着海边的旭日和山上的落日
从早到晚　从左向右　从右向左
不停地变换姿势啜饮光芒和能量的
像一个不停地化装的大脑袋似的果子
现在它像一个红扑扑的孤儿一样落在北方
一场垂直的大雪刚刚停下来的雪地上
（扔它的人一定是一个比人贩子更狠的狠人）
仿佛一颗未能及时排除的歪把子手雷

乌克兰海军少将的咖啡馆之夜

他的大胡茬乌黑锃亮
可以肯定的是用刀片仔细刮出来的
差点中弹身亡　死里逃生
他成了另一个人　要在废墟的拐角
而不是和平的花园里及时行乐
游乐船咖啡馆离导弹护卫舰很近
他不停地与那些年轻少妇　在那里
约会　谈论诗歌　郁金香和死亡
炸药一样的烈性气泡酒　密室和人体摄影
他请她们吃地中海清蒸大闸蟹
红烧鲍鱼　他的肾上腺
和时不时就要露点马脚的少年豪情
在滔滔不绝的嘴唇上
闪闪发光

其实我们充其量也只能属于祖国

那些在云上颤抖的飞机知道
那些落在海水中的星星和陨石知道
不是哪里都有祖国

我们的根和树的根是一样的
跟一场雨或一场大雪的根是一样的
跟追寻着根的方向进入万物的光线是一样的
是无限向下的　向下
直到卑微的死和骨灰歇息的地方
万物向着树和云开始生长的地方
我们的祖国出现在根的尽头

其实我们充其量也只能属于祖国
只有在祖国的庭园里　野猫　落叶
不慎落单的星光　某种梦游般略带乡愁的号叫
才会像火苗一样熠熠生辉　温暖而安详

空山遇针记

住在偏远的地方也好着呢
好大的雪
连鸟和老鼠都深藏不露
去世多年的母亲
遗落在墙角的针
露出了闪闪发光的自己

白光光的世界的顶端

今天我要描述一下世界的顶端
和略高于顶端的某种空白
沉默的空白　某种类似于虚无的空
但我看到了也许是人不该看到的东西
空白中盛开的莲花　白中之白
仿佛哲学家正在越权疗愈的贫血症患者
我也看到了最高处的白色的石头
仿佛时间的秃顶　被虚无独自享有
它们在看不见的时间中确切地浮现出来
占据了中性的位置　就像我的秃顶
孔子的秃顶　在悬崖上采摘寿桃的隐者的秃顶
中性地站在世界顶端的白和世界之间
仿佛一块用白光光的秃顶顶破了时间
的白光光的石头　在高于顶端的白中
给自己也给一朵盛开的白莲花
留足了与时间周旋的余地

一次难以描述的囚禁实验

这是一次发生在海上的实验——

把剪去舌头的灰乌鸦囚禁在笼子里
它就变成了灰鸽子　丧失了叫声
把笼子像灯笼一样挂在桅杆上
看上去　没有了舌头的灰乌鸦
更像鸽子　它不再吃东西　也不再喝水
它渐渐喜欢上了喝血　喝动物的血
喝鲸鱼的血　喝海鸥和天鹅的血
喝每天都被桅杆杀死在甲板上的信天翁的血
喝饱了血的乌鸦　有一种近乎变态的胃口
它只吃它拉出的东西　拉多少吃多少
血是一种比汽油更具独立性的能量
血在一只乌鸦的体内循环　也教会了它
如何借助拉屎　自己在自己之中循环
正如大海和它阴郁的蓝色囚禁了轮船
轮船也用顺从风暴的烟囱囚禁了大海

正如白乌鸦和灰鸽子　灰黑色和灰白色
笼子和灯笼　它们在大海深处互相循环

这是一次正在海上发生的实验——

围绕那只被剪去舌头的灰乌鸦
围绕一座远洋巨轮庞大的内部
刽子手　舵手　养鸟人　捕风者　捕鲸师
潮流观测师　物候学家和黑衣钢琴师
他们各有各的调门　各有各的招数
他们一个在一个之中　他们以汁液的方式
以海水的方式　以季风的方式
以迷失在大海深处不舍昼夜的方式
以排水管道的方式　以烟囱向天空排放烟雾的方式
以尖锐的方式　残忍的方式和温暖的方式
以晕眩的方式　深渊的方式和宁静的方式
以深睡和深醒的方式在循环
就像海水在海水之中循环
鲸鱼在巨轮和星空之间循环

我相信有这样一艘巨轮正在无名的大海上驶过

我相信它粗暴的桅杆上一定有这么一只笼子
笼子里一定有这么一只变成灰鸽子的灰乌鸦
我相信这只笼子和这只笼子里的变异之鸟
一定像灯笼一样悬挂在大海深处的桅杆上
就像摇摇欲坠的夕阳悬挂在海水的悬崖上

地球是一个心里有数的好伙伴

地球是一个心里有数的好伙伴
它的花园里养着花，养着草
长着结果子或者不结果子的树
它的天上养着飞机　鸟和一大堆不明飞行物
家大业大　喜欢不停地旅行
来自星星也来自树上的落叶和雪
堆满了院落　也堆满了山冈

我住在地球上　我的家住在地球上
我的朋友也住在地球上
我们都是喜欢旅行的人
我们和地球一同在风中旅行
它是一个好伙伴
让我们在太阳下奔波　喝水　生长
习惯了闻劣质汽油和雾霾的味道
怎样平安地经过掩埋着的碎玻璃和垃圾场
在月亮下枕着塑料布睡眠　做梦

梦见自己是一个婴儿　在摇篮里
摇晃着月光一样明净的脸庞
在风中撒胡椒面一样撒着种子
像小石子一样随处滚落
不知道会长出哪种怪物的种子

大海居住在地球上　空气和成群的飞鸟
居住在大海的航标灯
也照不透的滨海山脉的森林深处
他们都是地球的好伙伴
是被乌云和悲伤打倒以后
仍然像行囊一样依偎在地球怀里
与地球不离不弃的好伙伴
当成群的大象和鲸鱼被屠杀
大海晃动着白惨惨的泡沫
吐出了它们白惨惨的白骨
我们的悲伤就是地球的悲伤
它会用大海蓝缎子似的蔚蓝
慢慢地盖住我们的悲伤
让我们的悲伤就像大海居住在大海中
水居住在水中　一切如此完美

我们和地球　我们的好伙伴
爱旅行的好伙伴　我们在茫茫大海上
在爱的月光和风中　在光影斑驳的密林中
我们像蚂蚁也像怪兽一样蠢蠢欲动

地球是一个心里有数的好伙伴
它的心里有爱　有我们
有种子　阳光和月亮
也有被玻璃割伤的包含着很多碎片与尖刺的痛
和呼吸道里塞满了塑料布的鼓鼓囊囊的痛
我们相互住在对方的心里
心里不空　心里都沉甸甸的
仿佛心里居住着无数座大海
无数只飞鸟　无数棵果实累累的树

甚至居住着　跟地球同样大小的
一颗一半是海水　一半是火焰
和围拢着火焰和海水
以宇宙和它的寂静为美的
像心脏一样栩栩如生的恒星

庚子春天种树记

我把我的树种在无人企及的山冈上
那里只有寂寥的飞鸟偶尔出入
我扎了一排排的木桩看护着它
多么敏感的树　枝叶繁茂
它的花将开出星星哭红了
眼睛的红眼圈和名不见经传的委屈
开出山高风大不结果子
或者结果子不结籽的羞愧

我把我的树种在母亲已经辞世
父亲已搬去城里的荒凉的庭园里
我把我的树和树上的花
仿佛不筑巢只在树上打盹
只会与星星低语的鸟一样的花
在比父亲的小镇更远的城市里
我通过一堆精心安装的摄像头
精心监控着它们白天怎样与鸟低语

以及寂寥的夜　它们怎样在荒凉的星空下深藏
与星星低语后有着怎样的疲倦与睡眠

我把我的树种在又荒凉又美好的远方
我在一口古井里用打水的方式
打捞起它的仿佛被谁落井下石的落英和落叶
我让世界在与星空同样深邃
也同样诡秘的甘泉之中
又白又亮　百毒不侵

我让荒凉的山冈和荒凉的庭园
让那些懂得与鸟与星空絮语的树
和它们无所事事不结果子的花
有点疼爱也有点失落地陪护着我
犹如陪护着一个婴儿
在巨大城市和它的犹如悬崖似的
玻璃幕墙深处
我也像一个婴儿一样
独自睡眠

太阳怎样从太平洋的一座孤岛上升起

像鸟巢一样
从大海和乌云的枝桠上升起来
从无名孤岛鲸鱼脊背一样野蛮的岛脊上升起来

岛脊异常尖利犹如刀锋
所以也可以说太阳是从大海的刀锋上升起来

从凌晨三点半那些仿佛失踪于世界之外的孤岛
和那些仿佛失踪于人世之外的人
从它和他们筑巢一样不修边幅的房顶和窗棂上
像涂满了松香油的夜明珠一样
在亮晃晃的睡眠的碎片里升起来

从孤岛公园广场上一个晨起练习狼嚎的人
他试图击倒一棵树和它的被撕裂的树冠
在他那因为拟声海啸近乎破裂的喉咙里
太阳肉乎乎地
从太平洋中升起来

技术风景时代的悬崖和空虚

到军工厂取牛奶

军工厂变成了现在的奶牛场
军工厂开在秘密的山里
奶牛场也开在山里　但有关它被允许
占用一座废弃军工厂的一小部分
而不是全部　这是一个秘密

遥远的军工厂现在变成了遥远的奶牛场
奶牛场的牛奶是热的　牛血是热的
骚乎乎的养牛棚也是热气腾腾的
它那么小　但已足以用来强调
一座军工厂被全面废弃之后无用的荒凉
包括废弃厂房前半死不活的银杏树
包括一条修筑出来但从未用过的道路
包括塌陷一角的烟囱　包括守门人的鸟舍
包括悬而未决的那些乌鸦
星星和山鬼互相交换眼色的幽灵传说
那些被巨石秘密堵死的地下隧道

上方悬挂着蛛网　水滴和穿透洞壁
像瀑布一样垂直塞满黑暗的树根

寂静而偏远　仿佛隐居在山里的奶牛场
人们都知道我其实更喜欢它沿途的田畴
略带野性的道路界碑和自然风景

他们说：瞧那个老来无用的人
他每天都要去军工厂取牛奶

上帝的兔子尾巴

他声称每天他都能见到活上帝
上帝依然是傲慢的　他有老虎
把自己珍藏在一片金色树叶里的神秘
有狮子般不屑轰赶蝇群缠身的超脱
有岩石和阴影兼得的恍惚与平静
在阿谀和卑鄙到来之后能仍然保持中立

他言之凿凿　仿佛是上帝的亲兄弟
但其实他只是一个落落寡合的诗人
在最近一系列深夜成章的诗篇中
写到大海　睡眠的石头　伴随着星光和蟋蟀
辽阔的宇宙以旷野为床榻的合唱与寂静

但是在试图沿用世俗的愤慨和怨气时
没有控制好分寸　不慎露出了受过伤的胳膊肘
这相当于露出了上帝的兔子尾巴

这个时代仍然有愤世嫉俗的绿林好汉

这个时代仍然有愤世嫉俗的绿林好汉
他们呆在火焰形的沙漠中不出来
他们呆在危石累累的星空树上不下来
他们在湖泊的遗址和海的遗址里考古
只为寻找溺水而亡的水手和骸骨
时不时地　他们的考古现场会走漏风声
很多有来头的碎片　化石　贝壳和蜘蛛
贵人留下的佩玉　都被前来围观的人抢走了
他们哈哈大笑　任他们在荒地上哄抢
他们只想借助之后到来的星光和寂静
寻找一只或几只神秘的轮船

诗人破破和十指为林　还有诗人荒原子和小镇的诗
他们都是这样的人　一群无用的神秘主义者
他们说死去的湖泊在沙漠底下还有很多
死去的大海不多　但比湖泊埋得更深
只要不停地挖下去就可以挖出很多轮船

小镇的诗说人生苦短　要抓紧时间
诗人破破说人生不是苦短　而是又苦又短
稍有不留神就会错过很多近在咫尺的秘密
一群不合时宜的绿林好汉　蹉跎了世上的前程
只为把更多无用的轮船挖出来
把那些划船好手的白骨挖出来
把那些又苦又短的时间炮制过的白骨
在太阳底下晒出来　就像把自己的白骨
在白光光的沙地上提前晒出来
献给时间　献给一场黑风暴到来之后
大蜥蜴一样四脚朝天的地平线

我最近听说　他们处境不佳
地平线上的考古现场被多次转移
在沙漠深处制造潜艇的计划
被不明不白的潮汐又一次搁浅

三重轮回时间中的三个梦

这是一个新的日子　比佛陀头顶上的鸟窝还新
我梦见　我变成了一个魔鬼
我花了一整天时间吃了一个人
然后用九十九天时间偷偷哭泣

这又是一个新的日子　比耶稣打秋千的十字架还新
我梦见　我变成了一个吃过人的魔鬼
一个像鬼一样躲在角落里
因为吃过人　非常空虚非常害怕
而像做梦一样偷偷哭泣的魔鬼

这是另外一个新的日子　比杀人刀锃亮的刀锋还新
作为一个不慎变成魔鬼的人　我在设想
如果魔鬼也有下一辈子
下一辈子我一定要转世成人
选择一个好日子　一边哭泣
一边吐　像嘴里下蛋或下珍珠似的吐
吐出上辈子吃掉的人

吞吃诗歌和时间的秃鹫

一个卖窗帘的诗人走错了路　走到了沙地上
并且直挺挺地和他的诗稿一同倒在那里
很深很深的沙漠　风吹得干干净净的沙漠
尘埃和苍蝇　还有另外几种热衷于血腥味
深度溃烂　也热衷于飞翔的小毒虫到不了的地方
一个诗人是脱水过度而倒地的　是把体内的杂质
像排毒一样排空后干干净净倒地的
可以想见他是爱干净的　他的诗稿也是爱干净的
他死得多么遥远而寂静　死得其所

但是最终秃鹫们飞来了　它们闻死而至
它们就像雷声就像乌云一样突然从天空深处冒出来
它们就像炮弹长了翅膀一样慢慢飘下来
窗帘像裹尸布一样裹着干净的诗人和他的诗稿
被黑压压的秃鹫像黑暗一样慢慢地围起来
黑暗中无声而锐利的吞噬　犹如乌云翻滚
犹如风卷残云　所有的东西都开始沦陷

诗人　干净的死　他的诗稿　他的窗帘
他的沙粒般纯净而简洁的
被纸一样单薄的窗帘掩盖的迷失

一个依靠窗帘蛰居后半生的诗人为什么要卖窗帘
为什么要怀揣一沓简洁的诗稿向着沙漠挺进
头也不回　路也不看　仿佛奔赴一场终极的预言
在一次没有目的的旅程中　我的行李包
看上去空空如也　里面只放一本书
一本名叫《吞吃诗歌和时间的秃鹫》的书
沉默的旅途　我将像沉默的秃鹫一样
慢慢读完这本书　我将用我内心中秃鹫一样的黑暗
慢慢地消化它　直到心里渐渐变得透明

直到我作为诗人的一生　所有盛在杯子里的
碗里的　罐子里的　池塘里的　肚子里的水
变形的水　深受腐蚀的水　中过邪的水
被一一进行消毒处理　渐渐变得透明

我们从没有热烈过

我们从来没有热烈过
仿佛擦干净玻璃就与时间同屋而居
保持平静而偏远的相处之道
总是埋头做手头的事　走路或独自沉思
连溢于言表的徘徊或眺望都没有
仿佛那个心上的人并不存在
只是一个画在肚皮上的文身
只是一个自我深处抹不去的影子

我们那么内敛　都在用纸里包火的绝活
养气养血般地各自养着各自的影子
让它睡在肚脐眼里　睡在莲花里
睡在头重脚轻但仍然不动声色的梦里

一个烙铁一样凌厉的影子
一个鞭子一样滚烫的影子
任凭岁月的坩埚怎样煎熬都熬不干

它的伴随着疼痛的幽微和甜蜜

它的窗帘和门　锁子和钥匙
仿佛放弃了渴望　放弃了等待
只有湿漉漉的露水和星光才能打开

世界正北方的一场大雪

世界正北方的一场大雪一直在下着
下了很久　白雪下成了黑雪
那是缺乏天气预报的一场黑风暴
和一场穿透大气层的流星雨不期而至的结果
黑色的雪不停地下着　下在黑色的世界上
一只黑猫在黑中比黑更黑地埋伏着
躲过了一次来自神秘怪物的致命追杀
后来它慢慢变白了　因为黑雪慢慢地变成了白雪
白雪纷纷　活活埋葬了一只黑猫的黑
和被黑下黑了的整个世界的黑

就在世界的正北方　一场大雪下个不停
下在一棵枯死的树冠和一棵新生的树冠之间
酷似树枝也酷似山谷裂缝的中性空间里
下在贝加尔湖超然而寂寞的蓝里
下在一条来历不明的河流汇入湖泊时
像肿胀一样莫名其妙地隆起的分叉上

下在横卧于沙漠中央的一群驼峰上
他们仿佛一些流放犯冒死冲出了囚禁区
弓起礁石般的脊背僵死于白雪之中
成就了远方和故乡兼得又皆失的悲怆诗篇

轰隆隆的雪在世界的正北方不停地下着
不放走任何一个事物　任何一个角落
甚至几辆滑到深渊里的汽车都不放过
甚至我的一首诗　被灵感卡住脖子后
逃逸于一堆碎纸屑和碎玻璃之后也不放过
它们和一只偷油时不慎中毒而死的老鼠
几点残渣似的星光　一座废弃池塘的喷泉
被冻成一个奇怪的冰球　寂寞地悬挂在
某个类似终点的世界的悬崖上

黑白交加的雪下在世界的正北方
我喜欢黑雪　我也喜欢白雪
我希望这没完没了的雪永远下着
直到我羞于为人　野兽般不修边幅的孤独
从脚趾上开始　不停地上升
到肚脐眼　到心口　到脖颈　到天灵盖

直到我放弃做人但又悔恨交加

活生生把自己变成一个不够黑也不够白

黑白参半但又没有明确界限的怪物

热带的诗人和狮子

热带的诗人们往往喜欢写到雪
一个热带的诗人在丛林深处大汗淋漓
试图在克服猩红热的一首诗中写到雪
在一张雪一样的白纸上写出白雪
在一首诗中用略含污垢的雪堆雪人

一头热带的狮子梦见它在丛林里
窥探着幽灵般闪烁的幽蓝的暗夜
和一场偶然的　昏头胀脑的雪
仿佛卡通梦境般顶在河马孤岛似的脑门上
比斑马和长颈鹿身上的花纹更妖娆
更色情　比漂白粉和强酸洗洁净
具有更强烈的漂白能力和腐蚀性

热带的一个诗人和一头狮子
一个醒着写诗　一个睡着做梦
出现在他们诗里和梦里的雪

都不那么白　不沉重也不轻盈

但在本质上都很尖锐　犹如獠牙

犹如掺假的海洛因和掺硫黄的洗涤剂

四块碎玻璃上的五段箴言

不要问我为什么剥一棵树的树皮
我用一条井绳似的蛇叙述一个梦
正如我用玻璃池塘的一角叙述
一条长着蛇一样三角形脑袋的鱼

不要问我为什么要把缰绳泡在水里
我用秦岭的幽深叙述昆仑的浩瀚
正如我用长江的长和黄河的黄叙述
那贴近秃鹫和天鹅胸脯的雪与浓雾

不要问我为什么埋头读《山海经》
我对吃怪物的人向来不屑一顾
像一个怪物一样　我骂过当了宇航员的哥哥
是时间和宇宙吃错了药的孽种

不要问我为什么喜欢剪刀和布
我对那个逃学后涂坏整座白墙的男孩说

来我的幼儿园吧　我是你的爷爷也是你的孙子
让我们用剪刀把一块布剪成很多块

有的用来装鱼　有的用来装鸟
有的用来装雪和雾　装宇航员哥哥
不慎丢在月亮上的矿泉水瓶子
和被太空实验药水泡得胀鼓鼓的
像个不听话的坏男孩一样的种子

被激情和悬崖架空的人

被激情直接摧毁和架空的人
就是整天在街口上吹泡泡放风筝的那个人
今天正午出事了　他练习吐火表演的火焰
摧毁了他苦心经营多年的塑料人体模具店
包括刚刚装修一新的彩钢玻璃门也被摧毁了

救护车　消防车　这些汽车中的汽车
怀着与看客同样中庸的心态　排成长队
排在一群人的最后面　排在那个自称火焰驯兽师
和一大堆战栗的灰烬后面　眼看着灰飞烟灭
一大堆瓦砾就像破碎的灵魂一样暴露出来
却不见那个火焰之中渐渐变空的人
那个满嘴吹火犹如吹泡泡的人

被激情直接摧毁和架空的这个正午
在火焰深处滚来滚去的塑料人体模具店
我去得太晚　只看到最后残留着的场景

烟云逐渐寂灭　只剩下一堵悬崖似的断墙

就像一场过剩的激情不慎坠崖之后

主人公不在了　清洁工还未来得及收拾

被一座小小的悬崖架空的世界的空架子

坛子和蜂巢

我想像一个坛子一样
像一个被蜂王遗弃的蜂巢一样
生活在北方　雷电和幽蓝星光有时沉默
有时也会发出怪物般咆哮的旷野上

我喜欢的坛子和空蜂巢
应该由瓷　顽石或者树根自然形成
如果它是一只不朽的陶罐
其中的人面鱼能像蝴蝶一样不断复活
对各种咆哮具有天生的免疫力
雷打不动　我会更喜欢

我的坛子和空蜂巢不是很驯顺的容器
除了雷电和星光　很多东西它都拒绝接纳
除了落叶　雨水和来自星星的灰尘
一年四季它基本上是空的

它只有近乎瓦蓝的虚无和安静
比塑料更敏感　比玻璃更脆弱
犹如沉默的舌头和语言
在沉默中保持着亲人的距离
永恒般始终如一

玻璃女孩的昼与夜

每次她都是在深更半夜突然生病
脸红得像灯笼　红得有点不吉祥
像要自己在深处点火烧掉自己
像游戏一样　为了拒绝吃退烧药
自己打碎所有的碗和杯子
却又特别怜惜那些碎瓷和碎玻璃
整夜翻腾着它们包含着疼痛的破碎声
直至白昼和她比纸更白的苍白一同降临

总是一个人在夜深人静时悄然出走
披头散发　像梦游的鬼魅一样
能准确找到房顶　悬崖和水渠
能在月光之下　看见另一个自己
像和谁捉迷藏一样穿越着一棵又一棵树木
但她不喜欢自己从树木背后出现的样子
而是喜欢自己像影子一样进入树木的样子

嫌自己太硬　像玻璃
有时又太软　像面娃娃
不喜欢喝水　不喜欢吃药
但是喜欢把白昼和夜晚像皮筋一样拉长
只为了要把那么多碗和杯子的碎片
一片片地拣起来　反复抚摸
像抚摸小时候一次无人问津的独自出走
像抚摸一些无家可归的婴孩

长得像鸟巢一样的湖泊

很多鱼因为没有翅膀以你为巢
很多像巢一样的轮船栖息在你的蔚蓝之中
一架飞机和一只天鹅也一样
也把它们的飞栖息在这蔚蓝之中
我是一个来自悬崖上的孩子　我发现
我的影子已经先行一步　仿佛一只以梦为家的鸟
在这有难度的蔚蓝之中安然入住

长得像鸟巢一样的蔚蓝色的湖泊
我知道你也是一个来自悬崖上的孩子
一个心里飞着鸟也飞着梦的孩子
一个不断地用梦把自己的骨架拉长
能让影子变得像鸟翅一样锐利一样嶙峋
犹如弓弦上闪闪发光的箭镞和锥尖
可以透过寂静和虚无直取世界的灰烬

蝌蚪和圆圈邂逅记

我只能说　蝌蚪诞生于子宫形的河流
它有着豆芽和逗号般跃跃欲试
仿佛未知冲着未知而去的样子
总是那么多　令人无法解读来历和去向的多
说到圆圈　太阳也是一个圆圈
篮球说到底也是一个或无数个圆圈
而最彻底的圆圈则是圈着圆形空白或空虚
仿佛陷阱　仿佛迷宫　仿佛无底洞洞口的句号
很难设想一只蝌蚪和一个圆圈的邂逅相逢
但是一只鸟攻占另一只鸟的巢穴是可能的
一只蝌蚪向着落日开怀的山谷激流勇进是可能的
一只蝌蚪会不会因此感谢落日　它熟透了
就要带着熟透的红晕　像熟透的苹果一样
心有不甘地坠入地平线　我们不知道

但一颗太阳落山或者落海的时候
总是那么缓慢　慢慢地变成一个圆圈

它擦疼或去圈住的地方我们知道
一颗风中熟透的苹果　夕阳把它变成一个圆圈
它在风中重叠着阴影的致命的坠落我们知道
如果它不幸砸中了一条河流　与此同时
恰好也砸中了一只随波逐流的蝌蚪
使得一只蝌蚪和一个致命的圆圈邂逅相逢
它们各自变成了对方的一部分
像一出出乎意料的悲剧般融为一体

蝌蚪是一个豆芽似的逗号
太阳是一个圆圈似的句号
它们撞在一起融为一体　各自会得到什么
又会失去什么　长脖子鸟似的蝌蚪不知道
迷宫似的圆圈不知道　老天爷知不知道
我们不知道

虚无的形态

我生活在世俗之中　但我有虚无
我的虚无是三角形的
但它不是纯直线和纯几何形的
不是三根筷子或三把刀架在一起的样子
那样有点简单　也有点凶
而是鱼骨般干净的三条直线
伸出六个线头九个方向十二个时空
借助海水　季风和灯塔才能结合而成的三角形
是三角形的一个蛇头　在噩梦里变成不分彼此的九个
九个蛇头在噩梦里互相吞吃　谁也不放过谁
最后只剩下一个只有想象或者冥想
才能恢复的三角形的蛇骷髅
是一只像树一样拉长脖颈　死因不明的鸟
像败坏的风筝一样悬挂于一座摩天大楼
它的看上去很像天线的避雷针的顶端
形成一个笼罩整座城市的鸟骨状的三角形

我的三角形的虚无还有很多形态　譬如
路灯下夜行的我和我前后两端的两个阴影
我总是用三角形的原理想象它们之间的关系
譬如很多时候　我会放弃自己　把自己
想象成天底下的一个怪物　它与头顶的星空
与不远处一棵幸存的城市树的冠顶
形成了包含更多三角形或者囊括更多虚无的

另外一批比怪物还要怪的三角形

新版《山海经》诞生记

我天天在山上捕捉怪物
全都是陌生的怪物　目不忍睹的怪物
需要化毒为蜜的爱心才能看清的怪物
需要牢笼也需要虚无才能养活的怪物

有关《山海经》的那些故事
旧故事也罢　新故事也罢
只不过是一个喜欢炫耀的邻人
对我工作驴唇不对马嘴的
一次或多次的偷窥和奇观而已

不要相信你的邻人　至于我的邻人
一个守旧如守夜弄鬼般弄些小响动的人
一个经年累月在旷野上放鸽子错放了乌鸦的人
一个吞吃了过多的玻璃珍珠而腹坠如鼓的人

相信鬼也不要相信他　不要相信我的
或者你的这个嘴唇肿得像蘑菇的孬种邻人

一个黑猫的黑暗策略

一只黑猫在我庭园的黑暗里移动
那是一种十分接近甚至等同于黑猫的黑暗
它被这独裁者般的黑猫独自享有
城里的老鼠已经死绝了　麻雀也所剩无多
这只黑猫跟所有城市猫一样
它潜伏在这里只是为了袭击同类
对另外一只或几只偷窥它女朋友的野猫
在黑暗的深处发动相当于杀戮的伏击
它已成功了多次　甚至可以说一路凯歌
尽管它瘸了一条腿　瞎了一只眼
但总而言之它一直是胜利者
凭着黑暗和它自身黑暗似的黑
我曾经见过这只黑猫闪烁着幽灵般蓝光的眼睛
它好像羞于见人而故意躲避观察
那是一种可以盲目地指着天空的锥子
一种既纵容又压制的无情的穿透力
对黑暗和独居充满了刀刃和利爪般的渴望
哪怕这黑已经伤痕累累充满了绷带

电子风景公园旅行札记

燕子和海鸥低矮但依然犀利地飞
掠过人工湖泊和它比墨水更蓝的蓝
然后掠过海边同样低矮的高科技新区
一座类似钟楼的城市建筑和风景大道上
一片比栅栏更新颖更具有象征性的风景树
之后仿佛遭遇了无形的碰壁　它们突然改变姿势
带着逃离或者躲避般难以名状的急促
用折返跑式的飞朝我迎面飞来

仿佛一场被云计算计算好状态的闯入
在工业区的带状林中空地和花园边缘
头戴白色防蚊罩和黄色遮阳帽的园丁们
列队而来　在烈日下砍伐般修剪着
已经压抑不住野蛮生长的花坛和行道树

另一边或另一个方向上　草坪如织
在视觉纵深处铺设云絮般的蓬勃和翠绿

仿佛每一条厂区大道都急速地通向
被囚禁在风景深处的荒地
或者某种脱离了囚禁表述的秘境

一个巨型烟囱不冒烟雾却渴望接近白云
一根原木自巨轮上坠落击落一座大海
一座碎裂的大海飞起来追逐瓦兰的天空
巨鸟部落似的无限鹰群是白色的而不是乌黑的

这些电子风景公园的风景　你无须叩问
它们又粗暴又精致的出生和消逝
如同在远山和浓雾升起的地方
如同越过高山仿佛在逃避破产的切割机生产区
如同轻掠而过　一如追寻也如放弃
被燕子和海鸥　甚至被大批白色的鹰翔
笼罩的风景　它们与你的寂寞相比
有着同样多甚至更多更热烈的寂寞

像蟒蛇在未知的荒地上吞食着大象
这是一种寂寞　秘密而新颖的美
一种有毒但销魂的美　你会慢慢陷进去
整个世界也会慢慢陷进去

下乡采风时被一名留守悬崖的少年极限提问

（沉默片刻）
假如在新冠疫情最凶的时候
您唯一的儿子被困美丽国
天上的路断了　海上的路也断了
但只有回到祖国他才有挽救的希望
您被迫坐以待毙　您会吗

哦！我必须背过所有海边的警戒线
和那些比海岸警卫队更坏的航标灯
驾着一只小船独自横渡太平洋
朝着蓝的尽头和朱砂红的方向横冲直撞
哪怕明明知道这是去送死　哪怕上帝来了
这个也没有任何商量的余地

（又沉默片刻）
假如您的儿子在冒险中被珠穆朗玛峰的暴雪所困
那些胆怯的救援队迟迟不能出发　您该怎么办

我要直接把自己变成上帝　一只巨鸟
张开翅膀的摇篮　和山顶的白云一起
把他从暴雪和浓雾中直接驮回家

（再次沉默片刻）
假如您的儿子因为贪玩丢失在一个梦里
或者一个类似梦的深渊里　您又怎么办

这回我得把自己变成妖怪　用我独有的魔法
把用梦困惑我儿子的一个个玻璃城堡
像捏臭鸡蛋一样一个个捏得粉碎
然后打开黏液和碎片夺回我的儿子

（与一颗旋转在眼里的泪珠一同沉默
之后铜紫色的薄嘴唇微微颤抖）
我们在这没有希望的悬崖上等着
如果今天您有条件　您会带我出去吗

哦！有你等在这里　父亲才会平安回家
他一直在悬崖上从事高空作业
而你一直是他梦中的悬崖树

你等在这里　他累死也不打瞌睡

他对这命悬一线的机会充满渴望

我会这样做：我会让天下所有人知道

你在这里等他　在悬崖上等他

我最近连续遭遇的三个空虚

我一根一根地倒着立在墙角的旧竹筒
他们说　某根竹筒里钻进一条比竹筒更粗的蛇
但我倒遍了所有的竹筒却什么也倒不出来
连一只死蚊子　一根坏掉的蟑螂腿都倒不出来
只倒出来一堆腥乎乎干巴巴的空虚

他们又一次在门后谈论我的宫颈形鱼缸
说鱼把水第七次喝干了　我停止了添水
只是为了在死鱼做梦般暴突的眼神中
观察阴影　在一条鱼的心中怎样闪电般掠过
那里同样有茫然到无以复加的深渊似的空虚

我最近在旷野漫步时遇到一只死去的蜘蛛
它死在一张随风飘摇的空荡荡的网上
它自己在自己的网上把自己晾成蜘蛛干
我猜想一只喜欢绝望的蜘蛛也选择了绝望的死
大概是那里实在太空旷了　空旷而又空虚

这么多事物都空了

母亲去世以后　故居空了
和她一块生活的一张蛛网
也空了　她用绳子打水的水井
她支在一根木棍上召唤云朵的鸟窝
这么多的事物都空了
空空如也

两种海水及其疼痛

世上有两种海水　男海水和女海水
男海水像灯塔　插在海水中央
有时候也很像蔚蓝中央倒立的刺
女海水通常藏在摇曳的海葵花深处
与她同样妖冶的海妖才能偶尔照亮

男海水和女海水是两种软硬不同的海水
是两种千年不遇内涵同样凛冽的海水
男海水爆发了　女海水还在沉睡
这个事情看起来很像海潮的错峰
会错过蜜错过疼痛也错过海之梦

很难想象海水与海水的交锋是什么
一个很漫长的摩擦过程　但由于打了一个瞌睡
由于海上飘荡着疫情　口罩供应不足
由于出门时海鸥的燕尾服没有燕子般的精致
由于一只塑料袋里的空气挂在摇摇欲坠的高处

由于艳丽的海妖的光临迷失了应有的方向

这个过程迟迟没有开始　未知的旅途海水弥漫

这世上的两种海水　男海水和女海水

像灯塔的时候　有灯塔般的颀长的茫然

像海妖的时候　有海妖般妖冶的迷惑

就是说很多时候男女界限是无法划分的

他们有同样无名的牵挂和渴望　但藏得比海都深

海妖在照亮海葵花的地方对着星光白白地歌唱

灯塔在照见海妖的地方不知为什么而慵倦

白白地无辜地在梦一样的晕眩中凄切地亮着

在风中向着深渊平飞的女孩

特别爱吃冰淇淋　喝冷饮
你的心凉得比风都快
但风又可以把你点燃
头戴防护盔　但并不是一个赛车手
你只是喜欢赛车的速度和风
那是一种在理性和疯狂之间骤然升级
抹去二者的界限　具有了爆炸般浓度的风
你永远控制不了那些风
你永远渴望着风　爆破般的冲击感
你永远无法像一块镜子般平静地生活
那些风其实仅仅来自于你的自我
但你却对自己的赛车说　快点　快点
狂风就在再远一点的前头　快点　快点
我要在风中像中电的风一样疾驰
我要超过风　把风的脖子攥在手心

其实你很平稳　并不是一个追风的女孩

你只是一个要在平行方向上追出风
永远不知道在平静的生活中获得好处
不不不　其实你知道　你知道
平静的大地　公路和装着无数个平行层的摩天楼
仿佛笼罩在平行玻璃罩中的城市与生活
它们在追风的人所追起的大风中
应该向弓弦一样跳起来又落下去
你喜欢那种没有选择地在理性和疯狂之间
仿佛向着深渊也向着梦的飞的感觉

一种如临深渊但不事坠落的平飞

平原上平飞的两只鸟

平原上奋力平飞的两只鸟
是两只喜鹊　它们明显变小了
比十年前小　比三十年前小
比我怕狼也怕乌鸦的童年时更小
小的都不像喜鹊了　像两只风筝
两只断线后借风无力的鸟风筝

一片树林和另一片树林离得更远了
有些侥幸比较靠近可以相互眺望的地方
隔了很多铁丝网　高压电网和铁路公路网
平原上平飞的鸟　眼前是喜鹊
前几天是几只乌鸦（也变得那么小）
它们都是飞翔能力很一般的鸟

在平原和身体之间　在树枝和电网之间
为了减少平飞的阻力和飞行事故
它们必须遵从某种平衡原理不断进化

把肥嘟嘟的自己变得更瘦更小
更轻盈更适合平原深处懒惰而细微的风

平原上的两只喜鹊　还有几只乌鸦
它们都是离农业近离工业远的野性的鸟
是无法用笼子养宠物般养活的鸟
它们越来越小了　也越来越少了
很远的地方　很多的地方
那种原因不明仿佛陷阱重重的样子
每一次迁徙和平飞的尽头都是未卜的前程

平原上奋力平飞的两只鸟或几只鸟
飞得那么用心而费力　就好像空气不够用
必须用尽自己张大鸟嘴才可呼出的气力
就好像快要折断翅膀的鸟风筝
毫无把握地飞　随时都会坠落下去

我的荷马兄弟

我的荷马兄弟
我一直是低头看太阳的
我只能看到开放在万物中的太阳
跟你一样　我也是一个盲人
我常常自己摸索自己嶙峋的血管

我的荷马兄弟
中国和古希腊并不远
秦岭和爱琴海也不远
你和你的七弦琴
你用七个小鸟般的七颗小石子
打鸟般打中的爱琴海的蓝
今天在我的血管中起伏
我的脖子很长　血管逶迤
我的血管是蔚蓝的

四个不同形状的杯子

我把从一口刚刚打好的井中取出的新鲜的水
背对着四只喜欢偷袭邻居家红果子的黑乌鸦
藏在酷似宇宙造型的漏斗形的杯子里

我把像索取珍珠一样从远方山岩里取来的亮晶晶的泉水
背对着两只在麦田深处用凄惨的尖嗓子叫春的土拨鼠
藏在一座可以放置子宫形杯子的河床的草丛里

我把从我前世的身体和河道里预留的前世之水
背对着你的比两团乌云更加蓬松的两个乳房
藏在可以放置鸟巢形杯子的梧桐树的浓荫中

我把从我的肺里和眼睛里提取出来的唯一一杯水
背对着我独处时不慎排除在外的雾霾和城市
用嘴唇的杯子藏在比我更加饥渴的沙漠的肚子里

一条鱼的七种命运

一条鱼的七种命运

鱼在一碗水里游泳的时候
就是一条高不攀低不就与水平行的鱼
鱼在一道瀑布深处游泳的时候
就是一条被刮掉了逆鳞不想等死而纵身一跃的鱼
鱼在一个巨石围拢的深潭里游泳的时候
就是一条学会了在水中筑巢并享受宫殿之乐的神鱼
鱼在一棵树的身体里游泳的时候
就是一条鸟嘴里侥幸逃生但又回不到河流的倒霉的鱼
鱼在一朵莲花的心脏部位游泳的时候
就是一条有色心但没有色胆的苟且偷生的鱼
鱼在一块有色玻璃中游泳的时候
就是一条遭受了闪电的重创而又回到闪电中的鱼
鱼在一颗泪珠水晶般的晶莹里游泳的时候
就是一条被孤独症和爱心囚禁在深渊里的鱼

九重罪

看不到海水的人是荒凉的

看不到星空的人是荒凉的

看不到蝌蚪和芨芨草的人是荒凉的

看不到被雷电掏空内心的树的人是荒凉的

看不到在动物园里走失的男孩的人是荒凉的

看不到在植物园里迷失的女孩的人是荒凉的

看不到开在灯笼中心的蜂巢的人是荒凉的

看不到一个孕妇在天文馆里的昏厥的人是荒凉的

看不到碎玻璃像婴儿一样遗弃在路灯下的人是荒凉的

关于未知飞行的个人性考察报告

鸟飞不到的地方
像鸟一样的云能飞得到
飞机飞不到的地方
星星的光芒像黄豆芽一样
像秃尾巴的彩色蝌蚪一样
拖曳着比空虚更具有包容性的寂静
和一尘不染的鲁莽的孤独
在一种比飞更神秘的飞中已经抵达

你到过或者没有到过的很多地方
在梦中一个个都变成了未知之地
它们尾巴外露　但恍然不知所终
就像一粒沙子包含在一座沙漠之中
一颗仙人掌的毒刺包含在独峰骆驼的独峰之中
那是云和星星的光芒都飞不到的地方
是你　一个被重重旅途和包袱压弯了的人
借助鸟和飞机的飞行　还有寂寥的星宇

只能从一个未知飞向更多的未知

从飞到飞　像遗失在旷野中的针尖一样渺茫
而抽象的飞　一场切断了来路也被切断了前途的
仿佛无尽的未知向着无尽的未知
在那残迹似的尾巴闪烁的地方
重重地坠落　仿佛其中包含着末日的一部分

少女梦中的鱼或烙铁

你梦见自己像一条鱼一样吻着水
吻着大海包含着大海的海水
吻着岩石在岩石中的昏睡
吻着没有名字的树叶
吻着一场大雪还来不及上升为修辞的
三角形的三叶草

你梦见你是一条菱形的鱼
你的嘴唇却是穹形的
其中包含着温暖的喉咙和锯齿形的牙齿
你失控地吻着来不及开化的木头和玻璃
吻出了一扇扇眺望星光的窗户
你梦见你的嘴唇患上了某种与妄想有关的过敏症
它不分青红皂白的亲吻着万物　包括雪
包括一朵玫瑰加多了润滑剂的花蕊
充满它背面的剑齿虎虎牙般的刺和枝叶

你梦见你是一条试图挣脱菱形控制的菱形的鱼
长着风卷残云的反菱形的鸟头
用云朵和荆棘通用的材料建筑鸟巢
孵化着菱形海水里忧郁的星光碎片

你梦见你是被草丛拉长了身体的另一个少女
用鱼一样仰面朝天陷落于自由的姿势
用鱼唇一样的嘴唇吻着瓦蓝的天空
流云的雪花白　雾霭的迷离
飞鸟仿佛跳崖一样冲着飞机的飞

你梦见你红色的嘴巴里火焰在说话
你的红色的嘴唇像通红的烙铁纹一样
渴望着海水像遮羞布一样遮起来的海平面
像一面既不淫荡也不节俭的镜子
能同时压住星光之中和海水之中的蓝

再过几天　蓝色的杯子就到了

不是一束蓝色的满天星
不是头戴兰花身穿蓝色连衣裙的我
我寄给你的是一个蓝色的杯子
它正在路上　过几天就到了

你从不用幸运这个词
但你曾反复提到了蓝色
你说只有包含了蓝色的天空和大海
一座被玻璃中蕴含的蓝所笼罩的城市
才是辽阔的　才是幸运的
只有又遥远又孤独的地方
才配用虚无般纯粹的蓝充满

我知道你是一个蓝色过敏症患者
我知道你从未止息过对蓝色的渴
再过几天　蓝色的杯子就到了
你的嘴唇渴望的火焰般的蓝色

仿佛能让你啜饮的蓝色就到了

再过几天　一只蓝色的杯子
它有马颈般优雅的杯颈
比宫颈更精致更坚实
经得起你的深深啜饮

四种花和闪电

桃花　油菜花　还有樱花和紫荆花
都是昙花般的花　短命的花
都是把太阳从早追到晚不松手的花儿
都是太阳升起之前和太阳落山之后
把阴郁的恍惚和绚烂之美
发挥到近乎未知的极致的花

桃花　油菜花　还有樱花和紫荆花
都是碰一碰就落英缤纷的花
都是能把香气像梦一样卡在灵魂里的花
都是灵魂里居住着闪电的花
都是可以像闪电一样　把不干净的手
和不干净的心思连根剁掉的花

他们像窗户一样开着　像梦一样开着
像灵魂一样开着　敏感犹疑但并不软弱
他们是灵魂深处徘徊着闪电及其消逝之美的花

白与黑

好大好白的雪
房顶白了　树白了
所有事物都披着摇摇欲坠的白
低沉和鲜亮兼得的白
但几只在雪地上觅食的麻雀是黑的
湿漉漉的长街上
一个独行者和他的背影是黑的

一只乌鸦和落日在雪中同时坠落时
它和它的叫喊是黑的

我的善良

我梦见我吃了一个人
（嘴里满含着陌生水果充满蛛网般韧性的汁液）
我哭了三天

我梦见我吃了一头猪
（它那么白　白得像一个患有晕眩症的孕妇）
我哭了三个月

我梦见我吃了一只蜻蜓
（那是一架不幸失事的波音 747　刚刚从泥水中复活）
我哭了三年

爱情就像鸭嘴兽

爱情就应该像鸭嘴兽
你要毫无愧疚地具有某种程度上变态的淳朴
比如说过于肥大和笨重的嘴巴
使吻有一种天生的沉迷性和安全性
同时也具有某种与刀同锋的尖锐性
可以像尖头炸弹一样从上面垂直插进去
可以像埋炸弹一样选择人所不知的深度
像真正上瘾那样　长期地生活在
已经过了生锈期的黑暗的深处
一辈子像一个死鬼一样潜伏不动
就像一颗被埋地雷的人遗忘在地里的地雷
外壳已经像头骨一样溃烂不堪
潮湿而凶险的心还在深深地潜伏着

我的神秘是鸭嘴兽的神秘
我的锋利是鸭嘴兽的锋利
但我喜欢笨拙　我总是那么笨拙
我只有鸭嘴兽般迟钝而犹豫的爱情

旅行箱里装着结果和命运的男孩

他一直想吐出含在嘴里的三颗圆球

三颗钢珠似的圆球
三颗包含着果子似的冲动感的圆球
总是放心不下地放不对位置
放在开始的地方或放在结尾的地方
都没有任何稳定性可言
它们的样子就像中了邪的果子
就像安装了不对称铅块的空心铁球
放在任何平面都很危险
都具有摇摇欲坠的不确定性
不知要滚向哪里

他含在嘴里的三颗圆球　每一颗都很像地球
（那绝不是一种像地球仪那么温顺的圆球）
你永远无法用一个可控的平面
测量它那类似于篮球　类似于钢珠

类似于令人费解的圆形的果子
在滚动中造成的方向
和结果的不可能性与不确定性

像一只蛋急了的怪鸟渴望下蛋
他要吐出三颗圆球（想到悬空的地球
那只有在想象中才能原形毕露的诡异之星）
他说这只是一些徒劳无功的关于圆球的白日梦
像他热衷于无聊旅行的命运一样
只适合装在行李箱内任其东西

从北方到赤道上一直被不安的梦所控制

在河南总是能梦见旧鸟巢一样的果子
在海南总是能梦见椰壳一样椭圆形的鱼
在云南总是能梦见火烈鸟一样的火烧云
梦见大象像突兀的悬崖和雾
秤锤一样悬挂在奔驰的云上

在越南　总是能梦见赤道上住着蟒蛇的树
和美国第七舰队一艘遭遇了海难
像钢琴一样坏死在沙滩上的军舰
梦见赤道和热带上正下着一场蓬头垢面的雪
雪花围着军舰纷飞　像一群苍蝇
围着某种无人问津的腐败和死亡
不需要安全感但却充满不安地飞

地铁中的大雪

地铁上塞满了雪一样的人
他们乱雪一样快速地堆积着
也像雪一样快速融化着

目的地最远的人
是看到车厢彻底变空的人
他将在黄昏中独自拥有终点站
然后在一场大雪中悄然前行

他是最后一个消失在大雪中的人

白纸和雪

你刚刚凝视过这张纸
这张纸好美呀　干净如雪
它有跟你的肌肤一样鲜美的色泽
我轻轻地摸着它　像摸着你
我都舍不得剪掉它的一角
被不小心撕裂的那一小部分

三个或者更多的自我

有时我会梦见我是另一个人
在一个并不明确的角度上旁观自己
看自己醒目的后脑勺和略显陌生的侧面
有时我会梦见真实的自己站在镜子里
看镜子外面的另一个自己
另一个自己也分明是真实的自己

站在镜子里的真实的我
看着镜子外面同样真实的我
纤毫毕现　没有任何隔阂
我想我大概是病了　镜子也病了
需要有人（最好是两个自我之外还有另一个自我）
把他们同时送往梦想诊所
用钳子或刀片打开一些地方
好好诊断一番

桑梓中学支教记

这里自称为国家湿地遗址公园
我看见被时间提前腐蚀的鸟和蛋
在桑梓中学的校园里
和梓树和一块肥墩墩的云一起成长
每天我习惯于早起　喜欢在寂静中仰望
高入云霄的梓树的顶端
别人永远张望不到的一个栖息的世界
白鹭与雾与太阳与野果子为伍的巢窠
树林深处　校园最隐秘的部分
每天都有空蛋壳　腐败的死鱼　和一些落叶
和一些小鸟不知原因的坠落和死亡
有时我会像一个园丁一样悄悄清理掉它们
有时我也会扬长而去　顺其自然

桑梓中学　坐落在有梓无桑的河谷深处
我从未和学生们交流过我的校园见闻
我经历过的他们是否经历过　是否这一切

早已是他们生命中的一部分　自我的一部分

是否他们也有我一样的困惑　悲悯和脆弱
我怀抱着的被时间提前腐蚀过的鸟和蛋
是否已被他们怀抱　或将要被他们怀抱
我只是一个过路的园丁　树冠那么高
比鸟都高　比云都高　比长颈鹿的脖子都高
目前我无法提供任何可用的答案

雾中脱险记

山谷里或者一个瓶颈既险峻又宽松的瓶子里
到处都是雾　都是被不同的镜子照过的雾
很多镜子都破碎了　像破碎的灵魂
仍然守护着狼藉满地的尖刺和碎片
但雾一直在完整地飘荡　像一匹
或许多匹顽固的滔滔不绝的丝绸
我也是深陷于雾中的雾　但我必须克服软弱
把自己变得比雾更清晰更真实
像一颗闷骚的种子或一团包在纸里的火
能够以雾的形态绕过那些雾
或者以雾的方式穿透那些雾
我是喜欢在云絮和山巅之间奔驰的雾
我知道来路　也知道去向
我是刀形的雾　以雾的方式
像一阵穿堂风一样切割着浓雾
快扔掉那些破镜子和破瓶子的碎片吧
我已回到了黑雾压顶的山上

对着镜子和相框开枪的人

对着镜子和只装一张白纸的旧相框喝酒
喝多了以后掏出私藏的枪支开枪的人
他颓废至极　已不存在任何个人问题
除了空洞的枪声　除了一团窝藏在水里的火
他没有任何信念　一个渐趋简单的自杀者
只有两种简单的东西　枪声和酒
枪响了　枪声击碎了什么
镜子　相框还是一颗葫芦似的脑袋
一些破碎的事物中包含了多少汁液
别指望他再能看得见或听得见
他只想听听落在镜子里和旧相框上的破裂声
一个自杀者失血过多之后
仿佛被过多的酒烧干了灵魂
他只想听不到时就用手摸一摸
那种不再包含任何内容的空枪声

三个摇摇欲坠的人

三个摇摇欲坠的人　三个风云人物
在台风岛上　东倒西歪地吹着台风
吹着来自太平洋、大西洋和印度洋
一场被星球气象台天气预报时
天意般漏掉的几乎能让世界晃荡起来的台风
他们在台风中见面　握手　避开护卫
尽量自己控制拍照时相互之间的距离
和踏上小径鱼贯而行时不由自主的身体
那种可能会突然失去平衡的摇晃
他们将消失在一座孤岛的丛林深处
在一座屏蔽了直播镜头的秘密的房子里
像三只老虎或三头鬃毛倒立的雄狮
谈论一些能让地球变圆或变扁的
让胆小的人不敢塞耳也不敢阖眼的大事情
比如核弹应该拿在谁手里和放在什么房子里的问题
（大概是台风吹多了　他们个个呆头呆脑
可以感到他们的身体里和头脑里

明显存在核匮乏或核超标的问题）
比如怎样上街打枪或者把枪藏在家里的问题
（看他们攀登论坛时不经风吹蹒跚不止的样子
我断定他们只有能力在怀里揣风
如果揣上一把小手枪　都有可能
把他们的老骨头和未老先衰的骨头压弯）

三个摇摇欲坠的人　把三个大洋
像三个手提箱一样带到孤岛上的人
三个大洋的台风把他们关在台风岛上
通往天上或海上回家的路被通通关闭
空闲的时间　总不能用来等死
他们假装镇定　假装要把浅谈变成深谈
据说接下来他们谈论了许多既非核亦非枪的问题
甚至开了不少杀猪不褪毛脱裤子不放屁的玩笑
比如智能机器人的阴影和残骸
如何在月亮上和火星上由飘荡而坠落
并被什么人用什么方式定时打扫清理的问题
比如北极的雪和南极的雪下得多不多的问题
如何冻得像想象中的核和枪那么硬的问题
比如无用的海水里和无用的沙粒里

包括很多无用的孤岛　如何注入核元素的问题
怎样用猴拉面包车引诱外星人进入笼子的问题
怎样像培养小孩一样培养更多的病毒蜜蜂
携带着比核和枪更具有魔鬼性和杀伤力
在更小的核中完成它更完美的爆破计划
比如在世界被魔鬼垄断后　怎样制造一粒神奇的种子
它能像花粉一样飞遍万物的花蕊　使世界
从世界的心脏上开始　像花一样渐渐枯萎

来自三个大洋的风云摇晃着台风岛
台风摇晃着台风岛上三个摇摇欲坠的人
三个困在小房里的人类噩梦　三个致命的病毒
世界快要散架的命运只有一个
它像把柄一样握在　三个摇摇欲坠的人
他们连兔子的短尾巴都握不住的手心里

与普希金一起制止一场噩梦

在噩梦里被群蛇追逐的男人
早年吃了太多的蛇　蛇胆
喝了太多的蛇胆泡酒　年长日久
长出了反时间的皮肤　肩膀　臀部
大腿和可以滚石上山的好腰身
现在他发愁的是　如果至少要多活二十年
他怎样才能降服那些噩梦
使其适可而止　怎样与那些不知姓名
充满了各个方向　分不清性别
蠢蠢欲动的蛇的追逐握手言和
怎样哭泣一番　大笑一番
把噩梦像野鬼一样压倒在草丛里
怎样让一只老虎变成一只贪花的猫
它尾巴高翘　赶走了一堆堆的蛇
把一场噩梦一天天变空　变成另一场
由手持红色气球的红衣少女
一阵风似的在公园里奔跑的噩梦

在噩梦里被群蛇追逐的男人
被有限的睡眠和无形的忧郁所控制
他斜倚在树叶扫门的低门槛上
挡住了一个诗人不期而至的来访
并告诉他：你写的不是我
是普希金　是 1830 年冬天的普希金
在皇村倚门而立的流放和苍白
是和我具有同样困惑同样命运
有着和毒药和蜜同样浓度的你自己

世界的弯曲之美

风压弯了乌云

乌云压弯了地平线

黑鸟似的黑太阳压弯了

树梢和树荫中的鸟鸣　鸟巢

一颗尘埃里幸存的星光

压弯了夜行人

和他梦里的变形珍珠

我们是小地方的人

一小片乌云经过我们的头顶
还没有塑料布大的一些小片乌云
它们有时盖住了俄罗斯　有时盖住了中国
盖住了北京　香港　海南岛　陕北
也曾盖住过纽约　伦敦　所罗门群岛
某国某座用树叶绿伪装起来的核武库
一小片乌云和一只差不多大的鸟的羽翼
风吹着它们的阴影在秦岭上游荡
我们不喜欢疯狂的人　自高自大的人
整天拿着锤子找钉子找锣找鼓的人
当一只虫子在星野笼罩的草丛中星光般闪烁
我们这些以虫为伍而不是以龙为伍的人
我们也见过大世面　我们也有大眼光

我们是小地方的人
我们想好好生活　像蚂蚁一样
像王维守着辋川的小鸟和小月亮

只想日出而作　日入而息
再大的河也是我们家门口的一条河
再大的山也是我们家门前的一座山
太平洋就是我家院子前
鱼和月亮兼得的蓝色池塘

一小片凉棚般的乌云经过我们的头顶
只要它把位置移动得再恰当一点
就可以盖住全世界　我们都住在
满打满算也就一个小圆球似的星球上
我们都是这个小地方的人
我们都属于小地方

致亲爱的秦岭

深草丛中橘红欲滴的浆果
钢蓝色的石头　悬崖
树林里背着人独自行走的
宽厚的熊掌和骑熊而行的隐者
绝顶上六月的冰雪　雾霭和沉默
它们在高处和远处
像在不经意间隐藏着致命的秘密

在秦岭上　阳光和阴影
永远交织着人不可能探知深浅的各种事物
草丛　树林　山谷和石头巢窠中的水
你能看到的很多　但看不到的更多
秦岭中的一部分　或者许多部分
你和我永远做不到知根知底

石灰岩　山谷深处的湖泊
冷水中长不大的鱼

那巨石连着巨石的屏障深处
无数山的背后　灰蒙蒙的天空
一年四季　你进山的行程越来越深
仿佛具有了迷失般的深不可测
但比之那些有着兽踪和怪物深度的潜伏者
你仍然只是在山的外围徘徊

住在秦岭深处的大学同学

一个从小就热爱跟母亲一起染布的人
一个从小就热爱颜料和色彩的人
他从山里寄来了很多自然素描：
和乌云席卷在一起的巨石和断崖逶迤的山脉
像布幔一样铺陈在天边的奔腾的云海
一个人像迷路一样穿越一片葱茏草木的背影
仿佛一根被波浪的深渊深度扭曲的木头
在陷落中反抗着陷落

他还画了许多隐者般的幽林
和深谷中隐者般的悬崖上的悬石
仿佛史前时期的神秘巨人
有着像鹰也像怪兽的阴郁表情
奇怪的是他从未画过鸟也从未画过自己
但他画出了许多月光笼罩的深渊
荒芜的山谷中雾霭沉沉

我的大学同学好多年中他住在城里
好多年中他像一只猫一样生僻而犹疑
嫌雾霾太重嫌汽车太吵
每天戴着口罩上班绕道而行
现在他去了山里在秦岭深处
像一个隐士一样住在山上
像一朵云一样住在山上

喜欢把画画在粗糙的麻纸上
画在月光中恍惚不定的岩石上
他是一个无情的人
在白云中出家

春天，我在读你开口处肿胀的梦

这个春天依然是疲倦紧张和困乏的样子
很多东西都变得很沉重　头重脚轻
爱情也变得很沉重　像蘸了胶水
受潮的玻璃会不明不白地自动破碎
你也可以说很多事物是在苏醒中碎裂的
很多事物是在苏醒中倒下的
放弃的　很多事物选择用更多的腐败突破自己
旧世界必须在它自己的溃烂中消失
现场凌乱不堪　清洁工从早到晚打扫着
再多努力也好像扫不干净的世界

这个春天我一直在研究衣服的薄厚
水池的颜色　郊区和山野上乌鸦的飞翔
或三日或七日不定期打开窗户
清理阳台上堆积的鸟屎和羽毛
春天来了　又一块危险的玻璃裂开了
像一架耗光了诱饵的捕鸟器一样跃跃欲试

我得抢先赶走那些喜欢寄居屋檐的懒惰的鸟
它们要去的地方应该是已知或未知的旷野
那里有种子　陷阱　衰败中渐渐崛起的湖泊
一个或多个开口处明晃晃肿胀着的梦

一幅失败的画

画鸟不成　连鸟翅和鸟羽都没画出
只画出了几只鸟爪
但看不出到底是鸟爪还是鼠爪
其实是被一个厉害的画家
从一幅画偷吃鸟蛋的蛇的画里
砍下来的蛇爪

纸面具与黑暗

废旧炮弹处理厂纪事

废旧炮弹处理厂　一座很旧的工厂
有许多废旧的园子和树林
有一座或多座破败但凶相毕露的铁门
每一道门上都立着锈迹斑斑的警示牌：
“危险地带，禁止入内！”
但事实上多年来它已疏于管理
很多人都去偷窥它　甚至开始偷窃它
偷得最多的是一人多高的空炮弹
挖去坏掉的药芯　射程可达八十公里
放在院子或客厅里据说可以壮阳辟邪
事实上多年来它已被日积月累的偷偷空了
变成了一个徒有其墙其门的空院子

有人曾提议把那地方变成一座农场
有人想在那里建设一个炮弹纪念公园
但议而不决　没有人敢动那个地方
毕竟当年拆卸炮弹时炸死了很多人

很多引爆时哑掉的地雷还埋在地里
离悬崖和山很近的废旧炮弹处理厂
如今依旧危险而寂寞地空着

就像当年被炸掉身子近乎废弃的树
用泥和碎玻璃充填起来的空心树

模仿姜太公钓鱼的五个少年

五个十六岁的男孩在秦岭深处的沣河上钓鱼
从秦岭的绝壁上下来的黑乌乌的水
名字叫九龙潭的水　夏天总是有人
像鱼一样戏水　也像滚石一样溺水而亡的水
他们学着姜太公钓鱼的样子在那里钓鱼
他们想钓一种很贵的娃娃鱼
一种像孩子一样会啼哭的鱼

五个逃学也逃避酷热夏天折磨的少年
来到黑乌乌的充满诱惑的水边
他们不知道这里已有很多小孩在水中消失
不知道他们选择的是深水钓鱼
但水实在是太深了　充满了命运的味道
厉害的鱼选择长刺的石头藏起来
鱼也在钓他们　在诱捕人类

模仿姜太公钓鱼的五个少年

钓鱼不成　下水嬉戏
为了拯救最先溺水的第一个少年
他们相继沉入水里再不见踪影
直到夜幕降临　月光像火光一样亮起
晨曦秦岭救援队队员纷纷赶来

五个十六岁的男孩在黑乌乌的黑龙潭溺水而亡
消息从秦岭深处传出来　仿佛那幽暗的山上
把一道它的浓雾无法消化的晴天霹雳
像怪物一样重重地扔出了山外

朋友或烂尾楼

多年前我的一个同事或朋友
多年以后还是朋友　我才知道
他患有躁狂症　吃了二十年抗抑郁药
被成年累月的激素变得又高又胖
依然是一个必须不断改变城市住址的人
一个喜欢呼朋唤友但又孤独得无处可去的人
一个住在陌生酒店里才能睡觉的人

多年前的一个朋友　最近往来频繁
但我从来不去他住的地方
也不打听他是否已有老婆孩子
他仍然是一个积习难改地喜欢女人
只为了给她尽情吹牛和炫耀的男人
一个生性像浮云一样漂浮不定的人
从来不在家庭或某种普通情感的范畴
也不在尽人皆知的熟人或朋友的范畴
他是为了远走或失踪而生的
他是为了给埃隆·马斯克写一封不确定的

但最终未能发出的信而生的
就像当年他不辞而别逃离了故乡
他的娘等不到他回家　一年当三年过
他的娘等不到他回家就去了天堂

有一次在不经意间　我们旧事重提
他说上帝对他唯一的仁慈
就是让娘早早地脑溢血而亡
她再也不要哭瞎双眼哭断肠了
她完整地死在故乡　像土一样重又回到山上
给了我再也无需回头的破烂的一生

多年前的一个朋友　最近比之前更颓废
他说总结这些年和我的一生
总是来不及进行完整的概括和总结
它就断裂了　悬在半空
像这个时代的另外一部分
像一个摇摇欲坠的烂尾楼工程

而我喜欢这样不体现完整性地活着
像在补齐别人不便于公开的隐私
并在某一天　在蝗虫般的漫天流言中死去

在禁烟岛上不停地吐出烟雾的人

他不停地吐着一半是白一半是蓝的烟雾
吐着某些时刻　唯有大海所呈现的
一半是蓝一半是白的烟雾
他是从内地一座设有禁区的山谷中赶来的
那里充满了地图上找不到的工业区
很多烟囱是从围墙深处升上天空的
像烟囱一样吸了一辈子的烟
积攒了一肚子破棉絮般的烟雾
他说这地方多干净　海水多么蔚蓝
像极了蓝墨水和活生生的蓝宝石
他要把肺里的烟雾尽量多吐出来一些
越多越好　然后腾出地方
吸一些整天和海水细语的空气
他甚至准备好要喝一些海水进去
把那有灵魂的蓝深藏腹中
偷偷地带出去　像带禁品一样
神不知鬼不觉地带回山里

因为害怕大海　孔子到处跑

孔子其实一直害怕大海
绕过前面的山脚就到海边了
他却要赖说今天心情不好
绕着河边到处乱跑
白白地耽误行程
叫人没有一点办法

我只能巧妙地引导他
让他要像敢于正视泰山一样
正视大海　办法很简单
他只要把大槐树下讲《论语》时
不慎吃到肚子里的大海吐出来
用一个不大不小的塑料袋
把它们放鱼一样顺流而下放出去
送到海口　相当于把一只鸟放回鸟窝

但孔子还是借故到处乱跑

声称他不仅心情不好　身体也不好
我们这些那么喜欢看《论语》的人
仅仅想在读《论语》读累的时候
也能读读大海　像透气一样
可以通过读海换换口味

这件事情其实孔子一直知道
但他一直假装不知道
就像他其实一直害怕大海

今天我还能写什么

我写了故乡的蜘蛛　贝壳化石和水井
我写了城市和它犹疑的郊区　人迹罕至
乌云和鸟儿　镰刀和收割机也罕见
我喜欢我儿子也喜欢的旧风景与旧场地
我写下了中国的陕北　西安　秦岭上喂猫的爱人
北美洲的美国和比大西洋更孤独的纽约
巴黎　伦敦　埃菲尔铁塔上一只鸽巢的失落感
遍布圣彼得堡一处偏远海滩顽石对潮湿和生锈的迷恋
以及那些巨轮博物馆像刺一样挺立的象征性灯塔

我同时写了故乡和异乡两个或多个
像树根一样纠缠像仇敌一样互相窥视的方向
我从来不是一个首鼠两端的人　像一只蜘蛛
深谙居于中间地带克服极端或者边缘的原理
像一只蜘蛛必须把更多的时间留给猎物的自我挣扎
最后只给它的身体中注射比例适度的毒品
仿佛白白赠送梦想诊所的催眠术和来自梦工厂的冷却剂

世上的事情　我知道它们所有不知所终的来历
我是站在一只白天鹅　一只不走运的宇宙飞船
甚至是直接站在月亮和太阳的侧面
我写下了一只白天鹅摩擦天空的孤独
一架波音747或一个宇宙飞船在虚无中的沉默

我知道在诗歌里我总是过于自由　在那里
我是一个纽约的诗人　巴黎的诗人
唐朝或魏晋南北朝不喝酒的诗人
俄罗斯白银时代面容苍白的诗人
或者印太交合处一座无名海岛上
独自守着大海垂钓深渊和鲸鱼的诗人
一个在古井里钓青蛙也钓星光的诗人

最后我写下：不要像我一样
在旅途上把仅有的一片落叶都丢了
只留下了空空如也的自己

鸭嘴兽之梦

我总是梦见鸭嘴兽　爱情
我的同行者诡秘的失踪
他总是走着走着就不见了
仿佛一场刻意的遗弃或逃避
被排除在另外一个陌生的街区
像一场不合时宜地下在热带的雪
我梦见我在梦中无为的克制和尴尬

爱情就像一个又吃奶又下蛋的鸭嘴兽
但它要把这一切藏得深而又深
像个真正的怪物一样
在丛林和它的阴影中
（那里有肆无忌惮的秘密在潜伏）
对应着星空　偷偷地
但更像是懒洋洋的某种经过或进入

我的有关鸭嘴兽的梦的现场有时会很蹊跷

那是一个或多个赤裸裸的无耻的梦
在健身中心试图淡化边界的泳池里
像个无主的救生气球一样
仿佛煮着一样地寂寞地泡着

不要希望我和你们一样
我是一个总能梦见鸭嘴兽的人
如果鸭嘴兽是一种源自陌生感的怪物
是另一个自己　仍然迷恋着森林的沉默
我梦见我正彻夜行走在
鸭嘴兽的梦里

洁癖和雪

你的梦很干净　很白
像一棵大树的核心喷射而出的锯末
你的语言特别洗炼
它是从一堆刀锋中提炼而出的锋刃
一种略含隐秘的闪亮　绝不拖泥带水
绝不和不干净的杂物为伍

绝不和一场把六边形变成七边形或者八边形
像滚地草一样遍地乱滚的雪为伍

我热爱这座月亮和废墟频频露面的城市

它总是有那么多的空地　年长日久
把空地上的事物都空成了旧事物
比旧世界还旧　暮气和雾气相互缠绕
比一棵树心坏掉的树还旧
比一个制造了很多烂尾楼的包工头
和他的老光头和烂账本都旧
比连续十年不更新的树皮还旧
又旧又虚弱　喜欢民国和港澳台流行歌词
喜欢把树梢画成鸟尾巴的样子

一个从不接受我的教诲和教导的城市
一个我不会提供任何建设性方案的城市
我居住在这里　对它的旧别无所求
就像一个废墟中安顿下来的鸟巢
泰然自若　从不负责教导废墟

这是一个唯有我才掌握的秘密

空地空得太久了，很多树就长高了

月亮就会顺着树梢　潜伏般偷偷地到来

由于某种连月亮也不能解释的原因

像无中生有的鸟巢和近乎隐私的蜘蛛一样

在废墟和时间的心脏上歌唱

一碗水里的水晶和梦

我又一次梦见了天降水晶
精神病院和火化场被雪景深埋
我梦见我的梦像雪片一样堆积着
我成了颗粒晶莹的梦本身
梦里梦外都看不见
那被一碗水影搅浑了轮廓
和气象的自己的脸

梦想诊所和它的火星男孩

就像一个在鼠年不走龙运的人
你别想靠一条为虎作伥的虎皮围裙
或者一条腥味重重的狼皮围裙
给自己或者给祖国制造围城

不要以为你能圈狗圈猪一样圈得住什么
白云的白与黑你圈不住
星星的黄与红你圈不住
天空的空虚和蓝你圈不住
一条围在橡胶模特脖子上的丝巾
它的比针尖更微妙
比丝线更精细的色欲和优雅你圈不住
你也别想圈住我　流浪地球的火星男孩
他居住在可以开火车也可以开飞机的
梦想诊所里　具有把时间直接变成冰淇淋
然后狼吞虎咽的本领

浅海上漂浮着死去的沙丁鱼

浅海上漂浮着大量死去的沙丁鱼
它们是群生群死　死因不明的鱼
相同的死相　相同的死亡景象
一种饱经大海追赶毫无反抗之力的鱼
是隔天就能把恶死变成恶臭的鱼
也可以说它们是用恶臭恶搞大海的鱼
是喜欢像碎钉子一样群集而起
在浅海海底给海水钉钉子的鱼
它们是脆弱而迅疾的银灰色的鱼
是喜欢做梦一样睡在玻璃瓶子和铁罐子里
像做梦一样排列整齐的罐头沙丁鱼

表演吃玻璃的人

他咔嚓咔嚓地咬着玻璃
用吃美食的样子表演吃玻璃
把一片片裁成方块的玻璃填入嘴巴
那么津津有味地嚼着　嚼一会儿
张大嘴巴请人看一会儿
仿佛那满嘴血污就是满嘴玫瑰

有一个慷慨大方的围观者扔下一百元
声明已经看穿他是用假玻璃玩假把戏
这激怒了表演吃玻璃的人　毫不犹豫
他随便拣起一块玻璃　割了额头
割了胳膊　割了胸脯和青筋突出的手背
吃玻璃的人　瞬间变成血流如注的人
血肉模糊的人　遍体鳞伤的人
泪流满面搅和着血流满面的人
他一个挨一个地让人看着流血的自己
一边用吃玻璃吃得舌根发僵的破嗓门嚷嚷着：

我要是咬不烂几块真正的玻璃
我就不会像一个没娘没爹的小丑
在众人面前给众人表演吃玻璃

没有什么称得上是故乡

跟我一块玩核弹犹如玩玩具的女孩
跟我一块玩纸里包火游戏的女孩
在远离了故乡的地方　我们都是手持面具
既不谈论故乡也不谈论异乡的人
我们都有向神秘的纵深挺进的倾向
但喜欢它是盲目和陌生的　关于情感问题
在美丽的身体与惆怅之间
答案都在第一缕阳光和第一片树叶之间
在做梦之中被共同丢弃的某一个时代
那里有更多的人像树　囚禁般困在原地
粮食和牛奶　有的腐烂在地里
有的腐烂在圈栏里　而尖刻的嘴巴
像乌鸦在落月之中罪恶累累的飞翔
对失去自我的游戏和记录于面具牌上的故乡
有着诅咒般难以剖析的温柔和垂怜

跟我一块玩核弹犹如玩玩具的女孩

跟我一块儿读书　把很多书读成一堆烂纸片的女孩

我们都知道　没有什么称得上是故乡

徒劳无益的自我和灰烬并非世界的尽头

故乡在真谛和灰烬一同散尽　或者

犹如并蒂花一同并置的地方

头发犹如鬼

头发犹如鬼　比鬼都烦
今天和昨天
今年和去年
这一生我花了很多时间捉头发
捉头发　犹如捉鬼
捉鬼一样的老鼠
光天化日之下
与它的隐身术和现身术
转来转去地斗
它能藏匿在任何地方
墙角　枕头下面　拖把头上
一件旧家具的阴影里
梳妆镜框　写字桌
笔盒　马桶盖右侧　窗台
头发真的比鬼都多
比鬼都烦

头发犹如鬼
只有你发现不了的地方
没有它到不了的地方
它跟你内心的鬼一样
永远是捉不完的
你捉不完
别人也捉不完
你把鬼留在心里
头发就会随时随地
暴露在捉鬼人的面前
犹如鬼与鬼邂逅
鼻尖和鼻尖顶在一起
才发现一丝比针尖还尖的疼
来自对方

我是没有主题可以命名的人

我是没有主题的人
像夏日荷塘之中的睡莲
我的一条河流来自于露珠
另一条来自于只有不朽才可包容的废墟
还有一条河流　一部分在地上
一部分在地下　一部分在天上
中心部分在一条泥鳅般的小蛟龙
半是睡眠半是觉醒的梦境之中

我至今无法被命名　像诡异的冬日
旷野上一场葱茏而野蛮的雪景
像一只月光下自己诱惑自己的野猫
扮成比幽灵更幽深更有来头的影子
穿越那包含着箭镞的庭园和阴影

败灯者

世界有一盏灯是用来照明的
但现在还有三盏或七盏灯
必须把另外多出来的几盏灯
像掐灭虱子一样吹灭

必须从石头中化神一样化出一个人
必须从树上长果子一样长出一个人
必须从鱼缸里养鱼一样养出一个怪物
由他负责吹灭那几盏多余的灯

由他充当那个妖怪般恶贯满盈的败灯者
吹灭那些多余的摇摇欲坠的灯
让它们别再用多余的光蚕食我们的灵魂
别再用热血动物的身体　复制灵魂般
复制掏空万物的阴影

制裁令

他们制裁海水　制裁大蜥蜴
横亘在赤道两侧患上了白癜风的大尾巴
制裁闷热的赤道　朝生暮死的大树叶
很多脆弱到不值得生也不值得死的事物

他们制裁柴可夫斯基　和白天鹅呱呱叫的《天鹅湖》
制裁一只名字叫俄罗斯的豹猫　和一只
来自西伯利亚像马一样在雪中跳跃的雪狼
制裁贝加尔湖四周的寂静　北极熊
像逃离烂尾楼现场一样逃离的北极雪
制裁成吉思汗的白云　它的地平线上
一座砖红色和铁锈搭配的鸽群广场上
帝国风格建筑顶端的天线和积雪

他们还在下达制裁令　下一步的制裁对象包括
一座盛产罗汉果和松籽的神秘森林
一群远离了星空　去在更深邃的星空

要和月亮妹妹和火星哥哥谈恋爱的小行星
他们制造了一根比魔鬼　比缠住森林或者海洋的巨蟒
更粗壮更磅礴的缰绳　像探舌头一样
把它探入地球和人类闻所未闻的最深处
卡在那唯一的也是最细的喉咙里

矢车菊和罂粟花都那么白

他已经到达危地马拉

他已经拥有了高耸的悬崖
比海水更凶险的海岸
他采集白色的矢车菊
也在采集白得像海水
也像毒品的罂粟花

甜蜜的矢车菊
像海鸥白色的翅膀
在危地马拉的鳄鱼悬崖上
为他太平洋上追逐海鸥
也追逐鲸鱼的航程而开放
而白得像海水一样的罂粟花
是来自英吉利海峡的鸦片贩子
和它沉默的钢琴海盗船
留给孤岛和悬崖的

让海妖和大海同时晕头转向的
比毒更艳丽更尖利的皎白

他已经到达危地马拉
天边和海鸥　悬崖和梦
那被矢车菊和罂粟花淹没的尽头

孤独者

镜子是我唯一的伙伴
这是我可以一整天呆在洗澡间的秘密
一整天　镜子里的另一个我和我
我们之间没有任何目的地相互对视
时而熟悉　时而陌生

单独地看　一整天其实有很多时间
我拒绝外出　不停地开水龙头
镜子里的另一个我和我
我们一同倾听奔腾的水声
怎样蜂巢一样冒着滋滋声泛滥
由高向低　由浅入深
向着城市深处和自我深处
像落叶一样坠落　簌簌地进入

我知道　镜子里的我和我
对水管的结构及其水的结构性去向

都抱着心不在焉的态度　我敲了敲镜子
反复擦拭着蒙住镜子的雾气
继续我们之间没有爱　也没有恨
被泡得软绵绵胀鼓鼓的对视

一场任何理解都属于多余而渐渐到来的睡眠
会像自来水一样自然而然地到来

小镇上的五个诗人

这五个人　对寂静入迷
他们把自己还给了星光下的小镇
把小镇还给了寂静　还要一心一意
把头重脚轻的世界也还给寂静
把世界从贪心的人　卑劣的人
骄傲的人　虚情假意的人
从他们手里夺回来　从他们陷阱似的
塞满了阴影的心术里
挖心一样挖出来　还给世界
让人们自己看自己和世界
本来如此的　属于寂静的样子
仿佛看另外一个陌生的人
可笑的人　可爱的人
可憎的人　可有可无
确有其人但不知所终的人

这不容易　很不容易

五个把自己和小镇搬到星空下的诗人
他们像调音师一样带来了寂静
小地方落满灰尘也开满小花的寂静
不争体面也不必自感卑下的寂静
月亮上荒凉如同空虚的寂静
月亮掉在带罩的玻璃中
和池塘中甚至一口古井中
燃烧的寂静

小镇上的五个诗人　五个时而沉默
时而嘻嘻哈哈的寂静工作者
把试图伸手触动世界的坏手指
像剪毒刺一样剪得七零八落
把爱吃奶酪却不爱吃老鼠的猫
吓得屁滚尿流　纷纷逃往外乡
从而使一个或许多个小镇一样的地方
被星光照得更透　从而使寂静
在寂静之中比毒药更有力量
比针尖更尖锐地在寂静中泛滥

这是一种让宇宙能放下架子停止转动

让宇宙和身体一同停下来
只听见心跳在呼吸中微微响动
整个世界都慢下来　进入了
“柔软的地方　事物的心肠”
仿佛一个人正在万物中醒来
正成为万物和它们心跳的一部分
只有舍得花这么大的代价和周折
才可倾听云雾在云雾之中炼丹一样
倾听到的寂静

小镇上的五个诗人　与寂静为伍
一群与影子和寂静暗暗较劲的人
与影子和寂静战争的人
这是不同寻常的战争
由五个人打响的可怕的战争
五个人都是在暗处
把自己和世界拿捏得嘎吧作响
他们都是心高气傲的人
偏处一隅的人
都是声明自己还不懂寂静
但很想活在寂静中

也确实活得很寂静的人
但他们一个个都是在背影处
在废墟中有江山的人
都是想把那些像公鸡一样吵闹的人
像九头鸟七头蛇三头蝙蝠一样阴阳不定的人
在心里　在小蝌蚪和小泉眼一样的诗句里
像打小偷　打强盗
或者打怪物一样
不费吹灰之力就打倒的人

旧世界空成了一座空房子

像天空把山河的寂静
给了山顶偶然的白云孤零零的鸟飞
和一次怅然若失的乌云的远眺

像山脉站住了脚跟不惜剩下破碎的样子
以几乎等同于山峰本身的巨大的悬石
阴影以及穿梭其中的危险的空虚
稳定了峡谷和一条越变越小的河流

像一个小面人被女主人添上了老虎的胡须
鸟的翼翅树枝一样跃跃欲试的巢
仿佛在一场小小的噩梦中
就可以像精灵一样飞起来
越飞越高越飞越远
不给你说声再见

就像一只闻所未闻的鸟从远处飞来

飞过粗喉咙大嗓门的旧世界
也飞过全部的新世界
地平线之外的地平线渐行渐远
同样不给你说声再见

好多事物争相奔赴别处
旧世界就像一座用多了空城计的空房子
再一次变得空无一物
空空如也

离开故乡的人一直在歌唱故乡

犹如一只飞跃大洋的鸟　叫声格外悲切
去了新疆的人　去天山天池里喝水的人
是一群远离了故乡的人　是一群被蓝色湖泊
和一大堆篝火照亮阴郁面孔的人
一群人在夜色里翻唱着许巍的《故乡》

我也是其中的一个人　但我站在旁边
站在天池的旁边和人群的旁边
没有人能看得见我被黑暗淹没的面孔
就像没有人能听得见我也随着众人
小声地自顾自地唱着《故乡》

就在旁边　在黑暗中
一群人的歌唱淹没了我的歌唱
没有人能看得见　白天喝进去的天山天池
黑暗中已变成了打湿我自己的泪水

有时候我们需要黑暗

有时候我们需要黑暗
旷野上的黑暗　个人的黑暗
很难说清来龙去脉的黑暗
就像野外的鱼需要野性的水

在黑暗中像落山的太阳一样
多待一会儿　起码待上一个夜晚
把黑暗像护头套一样担当起来
仿佛它就是你的一部分

作为黑暗的一部分　你必须保持沉稳
你要把月亮金子般的光辉和天使的光辉
和稀泥一样地和在一起
仿佛它就是土地和陶罐的一部分
无名海水和无名岛屿的一部分
喝醉了酒和吃多了蜜的花瓣的一部分
需要一只细腰黄蜂的大毒针

扎破装多了噩梦的塑料袋
在其中误入歧途般地嗡嗡飞翔

有时候我们需要的黑暗很简单
那是一种不需要在黑暗中改朝换代的黑暗
不需要进行新的设计安装
不需要换新鱼缸　把落日的睡眠时间
变成象征和它啰里啰唆的纸面具

悬挂在山上星光下的空篮子

那些死者一样悬挂在山上星光下的空篮子
那些像灯笼也像蜂巢一样
使天空和山显得破败的空篮子
是一些装不了海水也装不了风的空篮子
我不想再听到它们在风中的哭泣和摇晃
我也不想打听究竟是怎样一个来去无由的人
在山上悬挂果实一样悬挂了那么多的空篮子

只为摘除这些空篮子　我已独自来到山上
我担心摘除不慎可能会打碎一些篮子
也担心很多篮子其实是悬挂在很高的地方
比星空比悬崖还高　摘除它们必须费尽周折
必须与天神和死神甚至与风神达成契约
这是我有可能去了山上久久不能回来
甚至像风一样一去无归的原因

沙漠中的海子和蓝

沙漠深处　鱼王哭泣的地方
后来也是芨芨草和土拨鼠哭泣的地方
人们把大的仿佛包含着某种秘密的
一望无际的水洼　把天的蓝和水的蓝
天光云影地汇集在一起的水洼叫海子

一定是一个见识过大海的先人
最先想到了这样的命名
他那时刚从海上航行归来
一个失败的人一个失去大海的人
他甚至拿不回一块沉船的碎片
但他见到水就满怀疼爱喊它海子
他依然是大海的儿子

我也爱这深得不能再深的沙漠深处
整座的湖泊和它的蓝
它那鱼王的眼泪一般

活在北方烈日炎炎的沙漠深处

如同活在刀尖尖上的蓝

我也是一个海子一个热爱大海

如同热爱父亲和母亲的大海的儿子

一个在爱海的每一滴泪珠中阅读大海的人

梦想诊所和它的幸存之蓝

在世界的五个方向上打听一棵树的下落

我在浩瀚沙漠的一口水井中
打听这棵树的下落

水井说：我的水像幽灵一样一直在下沉
我的甘甜被隐秘的盐分日日侵蚀
但我依然是这棵树的根

我在一架飞越了七个国家一座大海的飞机上
打听这棵树的下落

飞机说：天空之上的天空和它无垠的蔚蓝
就是这棵树的根

我攀上巨石　在秦岭之上
向一朵比玻璃拥有着更多凛冽的云
打听这棵树的下落

云朵说：我的雨像一群失踪的孩子
居住在这棵树上由很多蜜蜂建筑师筑就的
很多很多的蜂巢里

还有很多夜晚　我头顶星辰满含泪水
向它打听这棵树的下落

星辰说：这棵树不仅仅是我的
也是整座星宇的根

甚至有很多次　当我梦见自己变成一个怪物
我也向怪物的自己打听这棵树的下落

怪物说：看看我头上这只毒刺般的独角
它的里边居住着一万棵业已消失的树
和它们亡魂似不甘寂寞的根

三月至六月书写纪事

我写下了跟地平线平行的乌云和被撕碎的鸟翼
我写下塑胶轮胎和奔驰在车轮之上
玻璃房子危如累卵的晕眩
奔赴到世界各处却从未归来的人
我写下了海水尽头的砾石和盐
苍凉的海水送来的泡得鼓鼓的无名死者
和一艘巨轮陷在海边沙地中的废墟
我写下一颗葱茏的星球和一颗火焰熊熊的星球
写下这两颗星球之间气球般漂浮的
十万颗卫星和十万个椭圆形的宇宙飞船
在虚无中的航行在公转中的自转
在自转中的公转以及残害般的互相吸引和损耗
我写下一个写下这一切的孤独的人
他那么小　犹如一只蚂蚁
（尽管有一只蚂蚁正给他的皮肤中注射毒液）
但正是他亲眼目睹了这些星球像被刺破的皮球一样

一个个在静穆中缓慢的消失
然后在一种近乎纯粹而唯一的虚无中
他自己也在这虚无中慢慢地消失
像尘埃在尘埃之中堆积着寂静

但最终我写下了爱和时间热血沸腾的相互旋转
我写下世界是一条热气腾腾的河
同样有着不惧火焰和灰烬的远大前程

有多少事物变成了摇摇欲坠的沙子

大海是鱼想去的地方　龙想去的地方
大海是猫咪和老虎也想去的地方
大海是乌鸦和天鹅也想一试身手的地方
大海是一只空瓶子和一只空水桶
想去喝很多水（哪怕是有毒的苦水）
被呛个半死也在所不惜地想去的地方

大海是星空和沙子变戏法的游乐场
是星空和它的废墟不慎坠海后
被海水淘尽了其中卑污的部分而多出来的部分
一把来自星空的沙子　被海水淘得又白又亮
连着贝壳的骨头和鲸鱼的骨头
被大海狠狠地扔出大海
它们成了摇摇欲坠的海边悬崖的一部分
成了埋住岩石锐角的沙滩的一部分

大海是一头冰蓝色的猛兽

它冲倒了那些试图困住大海的
沿海而建的钢架和巨石结构
使它们像巨大的鱼骨一样
白惨惨地耸立在沙滩上
它们和不远处倒伏在海里的航标灯
仿佛一个梦遗失在另一个梦中
站立在摇摇欲坠的沙子的中央

一封寄给失联者的信

要经过多少座绝望连着绝望的大海
多少朵孤岛般在绝望中游弋的云
多少架在失联中失速的飞机
在时间之外淋透了雨水的阴郁的痛哭
多少只由于飞过了头　仿佛遗弃于天外天中的
未名之鸟犹如失控的铁一样绝望的飞

甚至要像撕掉世界的遮羞布似的
撕掉多少座摩天大楼乌鸦色的玻璃幕墙
暴露出它的空架子背后嶙峋而野蛮的天空
要绕过多少道布满刀形和锐角的铁栅栏
或者栽满碎玻璃与钢铁尖刺的围墙
所圈养的不明真相的旷野和荒凉
找到那些被时间一再荒废
但仍然不失畅快的秘径

才能把插着三根无名树枝和三根天鹅羽翎

那封用湖泊蓝和太空蓝密封的信
像递交一枚来自月亮上的桂树叶一样
递交到那唯一捧着蓝墨水诗稿

也捧着一大捧刚刚采自大理石山冈
尚无地质学定论的化石松针
被进城计划排除在外的树叶
和草本植物的汁液　像涂染星宇一样
涂染成变色龙和星象学般的翠绿的手里

独角兽

我蘸着整座大海的海水
和整座星空的星光
在比黑暗还黑的世界上
磨砺着黑暗的自己

就像如整座大海的海水
抱着整座星空和它的鳞片似的星光
磨砺着海鸥翅膀上的海水颂词
和刀一样切割着海水的鲸鱼之脊

就像整座星空的星光
乘夜深人静　万物失声
磨砺着教堂尖顶上比绒毛还细的含羞草
和摩天大楼尖顶上尖尖的避雷针

就好像我是一只独角兽
我的心脏是一块铁青色的石头

我用它磨砺铁器的意志磨砺着
我尖角深处由于生锈
也由于过多地帮助母兽们生产
而反复堆砌的昏昏欲睡的毒

攀登者札记

向上攀登　你才能抛下多余的东西
穿多了的衣服　装得满满登登的裤兜
高跟鞋不知天高地厚的高
为了瘦腰勒得过紧的束身带
人往高处走就只能留下人自己
那些白云无关　流水有意的心思
你会像扔掉废物一样一一放弃
不断地回到人自身
那仿佛被自己遗忘的自己
你终于回到了那里
只留下心跳　呼吸

向上攀登　有时候并不需要面对山
面对一筹莫展的绝壁　面对深渊
面对比悬崖深渊更加危险的虚无
攀登　在人所不见之处　用更多的时间静养
仿佛初生婴儿般练习适应陌生的环境

甚至要像一条倒流河一样
敢于付出一生进行反思　倒行逆施
在时间中仿佛奔赴使命一样地消失

人必须走出自己　走向一座真正的山
以卵击石般地碰壁
绕来绕去　为寻找捷径而迷失
向上攀登　不仅仅因为要到达高处
而是因为在最高处
你才能放下一切
甚至放下死

在最高处
狂风削尽了松针
你的秃顶和世界的突顶同时突兀
在光秃秃的风中

好石头

好石头住在遥远的山谷里
有白色泉水白哗哗冒出来的地方

好石头住在白云像白鹤一样飞过的悬崖上
有神秘鸟儿独来独往和时间谈心的地方

好石头住在白石头的白里
住在蓝石头到不了人也到不了的地方

好石头就像蛋黄住在蛋壳婴儿住在子宫
就像月亮里的金黄住在月亮上

在大海上安放骨灰瓮的萨福

在海神爱打盹乘凉的春天的薄暮
在棕榈和桂树枝花冠不慎掉落
被海水的深呼吸收入茫茫深蓝之后
在大海上怀抱骨灰瓮的少女叫萨福

穿越了整个大西洋和整个太平洋
穿越了乌云地狱和绝望奔涌的大海
穿着礼服像站在悬崖上
站在核动力航空母舰的甲板上
向大海不停地抛撒花冠的少女叫萨福

像月光一样又单纯又善良的人
她还不知道满轮船都装着核炸弹
满轮船都是发射核炸弹的少年
她妖冶质朴犹如真正的天仙
爱着她的人含着泪水叫她萨福

把骨灰瓮混杂在花冠里

把骨灰夹在花冠中不断地撒入大海

在大海上像安放预言一样安放鲜花

也像安放预言一样安放骨灰瓮的少女

她的爱人叫她萨福

一条金鱼和一个鱼缸的星象学剖面图

这条金鱼真是太脆弱了
水少了它要死
水多了它也要死
吃多了它要死
吃少了它会因饥饿而失眠
也要死

这个鱼缸的生物学状态是
如果没有水
鱼缸是一盆子空气
如果没有鱼
一盆子水就是一盆子虚无

把一条金鱼和一只鱼缸
当做星象学解剖是危险的
正如一只气球里的空气
用它来预备呼吸是危险的

像鸟一样和它一起飞
像飞机一样和它一起飞

必将是迷惘的飞
是无法确定日期的
既破碎又虚无的飞

阴影中的捕熊者

熊山上的老虎已经死光了
狼也在好多年中杳无踪迹
但传说熊还在熊山的深处
捕熊的人还在熊山的深处
在地层般的悬崖
和巨石的阴影里

但此时　这个正午中来到城市的人
在城市的背阴中独自转悠
一声不吭　明显保留着熊的习性
人们说他来自熊山

不妥协的人　像个倔强的破落户一样
一个人待在阴影和积雪中落落寡合
透着斑斑积雪的凛冽　略含忧郁
人们说他正是那个几乎终其一生
在山上捕熊的人

熊山上捕熊的人回来了

想到此时熊山上的太阳

正照着一座隐身于积雪的空山

我先是哑然失笑　再想想

却禁不住心绪低落

怅然若失

把闪电握在手中

就像抓住一条蛇
抓住一根火辣辣的棍子
把闪电抓住
紧紧地握在手中
闪电很快　比狞厉的飞刀更快
甚至比爆炸中的碎玻璃还快
又快又锋利
抓住它很难　很危险

但在和闪电同样快的一刹那间
闪电仍然是可以抓住和驯服的
把抓住的闪电扔向一张白纸
就像把棍子和蛇扔进山谷是有可能的
让闪电把一张白纸的白烧透
把一张白纸的白中包藏的黑暗烧透
烧开一个或许多个空洞

可以陷落一只乌鸦　一个被黑暗烧成灰的人
甚至可以陷落以乌鸦黑的黑暗为底色的
整个世界也是有可能的

乌云在世界的头顶放了两个蛋

在世界拉长了脖子的头顶
乌云让天鹅
生了两个蛋
一个生在大海边的草丛中
一个生在山顶　比刀尖还锐利
连云朵和鸟巢都不容易停留的
一块岩石明晃晃的尖端

世界的头顶就是乌云的头顶
乌云的两个蛋
一个存放在海水和军舰的阴影中
一个存放在陌生人的梦中
那里天空的瓦蓝和星辰的碎屑
仿佛沉默的骨灰沉睡在
世界的骨灰瓮中

镜子里的火药库

在旷野上追赶一只蝴蝶和一只狐狸未果
险些迷了路　独自哭泣一番
独自擦干泪水
仿佛查看失踪者的下落
自己在镜子里把自己查看一番
乘着暮色和归鸟一同回家的女孩
是及时逃出旷野上晕眩般的陷落而躲入密室
很少再轻易露面的神秘女孩

独自藏在有很多镜子装饰墙壁的密室里
整天与寂静和细微到无的尘埃打交道
有些无聊　也有些无奈
她喜欢上了照镜子　像设计迷宫一样
一座密室套着一座密室
很多镜子被她反复移动着
她在松木火炬照明的密室里照镜子
她在石榴储藏室里照镜子

她在旧兵器储藏室里照镜子
她在藏满了火药桶的密室里照镜子

在密室里不见天日　年长日久
仿佛在尘世上失踪了一样
在密室里玩迷宫一样玩镜子的女孩
仿佛镜子里的火药库
仿佛一座迷宫迷上了另一座迷宫
仿佛像一座火药库一样酝酿着开放

在密室和它的镜子里

梦想诊所拾梦记

梦见仙人掌在岩石上长成参天大树
梦见储水器像被风吹歪的灯盏
在啄木鸟的树洞里悬挂着余辉
像豢养灵魂一样豢养一群金鱼
梦见郊区的摩天大楼像废弃的悬崖
街道像沦陷后的寂寥峡谷
梦见蜥蜴绿的核武器测试基地
在热风和沙尘暴里
像一只濒临死亡的蜥蜴微微蠕动
在试探般地摇晃贫瘠的草丛

梦见我是一只火焰般形影不定的鸟
自由而焦虑　任性而傲慢
试图在火星墓地的上空
寻找一掠而过仿佛逃离似的飞行路径

梦见我嘴衔玻璃、塑料和糖果

三种原料做成的翅膀

追逐着一头饥饿而慵懒的雄狮

但我不是鸟　我是海水中死亡的天空

和天空中死亡的海水里

像无药可救的传染病一样幸存的

蓝蝴蝶

如果春天是永恒的
如果蝴蝶也是永恒的
一只红蝴蝶一只黑蝴蝶一只蓝蝴蝶
它们同时都是永恒的
如果唯一长生不老的事物是死亡
是大海　是风　是填不满黄河的沙粒
是雾被噩梦胁迫到无人再去的
郊区空地上的歌唱

我相信在泛着猩红的黑暗中
（多么暧昧而令人不安的黑）
当死亡被死亡像一匹蓝丝绸一样地覆盖
一定有一只黑蝴蝶（当它的蓝色或红色
已被大海或者沙粒或者上帝篡改）
和它的令人猝不及防的飞翔

像碎玻璃　像星星的灰烬

像雨　像雪　也像树叶

甚至像一大堆谜团似的断翅

带着迷失的倾向性纷纷坠落

两条故乡的河流

两条流过故乡的河流　一条是金黄色的
另一条经历了由深绿到浅绿的变化
如今也是冒着淡淡烟雾的麻黄色的河流

两条在故乡被夸父和太阳追逐而无处躲藏的河流
两条在大地上滚雷般震荡不息的河流
渐渐显得疲倦　被泥巴和草丛渐渐地搁浅
不断暴露在旱地上的小水洼
像一堆堆拖泥带水的破棉絮
迷恋着小小的云团　一天比一天变得更细小

像上帝头巾上布满了松散而破旧的纱线
在故乡　在沙地和树林子的深处
我已经不再有什么理由可以回去的地方
两条曾经浩大而如今趋向消失的河流
我无力拯救它们　如今在我的一首诗里
或者许多首深情中饱含着悲情的诗里

像一个屠夫　或者一个刽子手
我不得不手持弑兄之刀打开夸父和大地的胸膛——

让我再看看这比黑暗更深的创伤之河
这把婴儿和他的哭泣拉得比上帝的旧纱线
更忧伤更绵长更公开更悲情的灵魂之河

我用爱远离我爱的地方

我像坠石脱离悬崖一样忍着剧痛离开的地方
我像河流推动滚石一样背叛了的地方
是我用忧郁的树荫爱着的地方

我像河流一样跳下悬崖逃走的地方
我后来沿着一条河流和它滚动不止的石头
经历鲁莽而凶险的闯荡　渐行渐远的地方
是梦境般荒凉而又陌生的地方

与河流一同行走
有时是一件徒劳无益的苦差事
因为河流总是要去更远的地方
当我厌倦了它的随波逐流
我会像河床上一堆累坏了身体的石头
和另外一些石头一同歇息下来
望着夕阳西下　和一架飞机
在黑暗的苍穹中亮起天灯的地方

是我渐渐地安静下来

仍然用忧郁的树和它的凉荫

爱着的地方

在我们的时代　一个脑门上画满了远方的时代

我已打碎了太多的化妆间和镜子

我喜欢像野人也像野兽一样经历的地方

广大而无用　忧郁的树和它的凉荫

适宜于产生刻骨之爱

也适宜于展开无限之爱

诛杀实验

我把一颗种子浸泡在水里
然后目睹它怎样缓慢地变形
暴露浮肿的四肢
我目睹了表演变形记一样表演的死亡

像一只饱经饥渴折磨的乌鸦
在失败中急中生智
我把一颗石子浸泡在水里
然后目睹它和它的棱角
怎样渐渐趋于柔软和模糊
最终在一摊烂泥中崩溃
我把青蛙和它的黑蝌蚪儿子们
成群结队地赶出一条河流的上游
然后目睹那些贪得无厌的汲水者
怎样在烈日下像抽水机一样
把一条河流一口口喝干
变成鱼死蛙沉空空如也的河床

一条河流怎样在一只瓶子里变得空空荡荡
怎样在一条鱼的身体里被抽空　只剩下鱼骨
怎样在一座峡谷里只留下河床鬼一样的空架子

这些我一个人无力主导的游戏
通通是诛杀的游戏　让不该消亡的事物
仿佛不明真相地消亡的游戏
跟水和象征性的死有关
跟星空下我的一次无名的游荡
和一场旷野上情不自禁的小声的
但却痛彻肺腑的啜泣有关

四目鱼和空虚

在一棵被雷电和腐朽掏空了身体的
树的内心　我找到了时间中窝藏的雨水
和一条鱼　像惊魂之鸟一样藏匿在幽暗的巢窠里
一条来历不明的四目鱼

在一条被沙地和巨石抽干了身体的河流
像时间的废墟一样被搁浅的河床上
我找到了一块很难被城市驯服的巨石
它大鱼一样的黑脊背暴露在污泥之中
仿佛一条不知去向的河流
留下了死亡的鱼形的遗言

在一座城市遗弃于郊外的混凝土垃圾场
我找到了混和着碎垃圾的碎玻璃
和包着旧铁皮旧塑料的旧物件
一条野狗在阴影中像鬼一样匆匆地奔赴
以及来自另一个远方的陌生人

和他乘着落日下的黄昏对城市的眺望

而一些雕刻般深沉的面容我们已经失去
一块无法安顿疲倦和睡眠的混凝土
或者一座类似于混凝土的废弃的装置
仿佛一条游错了地方的鱼
同样被搁浅在一座城市郊外的黑暗
和包含着全部黑暗的空虚中
我们也已失去

宇航员笔记

除了洪荒般没有尽头的石头
除了深到骨头里也深到心里的荒凉
月亮里其实什么都没有
天空空虚的蓝中　除了空虚
其实什么都没有
连蓝和它的空落落的灰白都没有
连蛛丝那么单薄那么细微
需要仔细看才能看清的污渍都没有
又寂寞又想家的时候
对着一无所有的太空
我从蛋形太空舱里
射出一枚高尔夫球
仅仅是为了观察它
在空虚里像星辰
也像一小团棉絮那样
比没有方向的漂浮更难形容的
轻轻的坠落

祖国与战栗

我的美好祖国是广阔的
它有很多时而高贵时而也低贱的田畴洼野
它的凶险的山岳和河流是巨大和傲慢的
但它们也有更多的不喜欢傲慢的细微处
它们在向东的行程中　渐渐趋于平缓
河流和丘陵的缠绵　大海边的悬崖
天涯海角的尽头
天空和大地重新开始
一切终归于巨大的广阔
和巨大的从容

在我的祖国　风吹着旷野和满地杂草
母语像草籽一样迷恋着大地
星辰和宇宙的战栗　紧紧依偎着母亲的院落
星星的歌唱和蛐蛐的歌唱
仿佛风信子一样可以信手拈来
像树根连着树叶一样

像随着晨曦而起的嘹亮啼哭一样

像飞机、火车和子宫里包含的回声一样
像天鹅在时间和语言的云雾里歌唱一样
在旭日和落叶分叉的小径上
当一次次的　死亡和诞辰
歌唱和秘密风云滚滚
动地而来　我的爷爷
我的父亲　我和我幼小的儿子
我们的心脏在刀尖上、山尖上、浪尖上
在母亲和一群姐妹们的描龙画凤的针尖上

我们在舞蹈和禁不住的战栗中
风云滚滚　动地而来

好姑娘汉娜

好姑娘汉娜是一个多情的人
也是一个乳峰高耸的深情的人
她用毛茸茸的愤怒
用大西洋和太平洋纵欲的蓝
练就了仿佛茫无边际的风云翅膀
打击着美洲大陆和大陆上的边境墙
好姑娘汉娜有的是力气
她要把高墙两边阴影里的饥饿　匍匐
和死亡　以及混合着沉睡　海水　火焰
沙子和泥土的哭泣
一丝丝地揉碎
用狂风吹散

好姑娘汉娜有着巨鸟的心思
也有着纹理精细的小鸟的心思
坚强的人　坚贞的人
她不喜欢世界骑在墙上左顾右盼

她喜欢树和云　比起她心里的树和云
无论多么高的墙都是矮小的
都是多余而委琐的
她不喜欢被这些小东西绊住手脚

好姑娘汉娜有着双乳抖动的怒潮滚滚的美
她用海水的山脊和风云际会的山脊
她用乌云和大海的黑风暴
她用太平洋和大西洋妖冶而粗暴的蓝
把根扎在沙地上　扎在岩石中
扎在天空傲慢而虚无的蓝与黑中
甚至扎在钢铁中的矮人国的边境线中
像山脉一样雄狮一样壮烈的边境墙
只用了两巴掌就让她砸了个稀巴烂

好姑娘汉娜讨厌一切障碍
她的祖国是轰隆隆的万物的轰响
是憎恨一切横扫一切边界的
是辽阔无垠和肆无忌惮的

一只猫和另一只猫的不同

一只猫和另一只猫
一个喜欢丛林　一个喜欢庭园
这不是它们的颜色像虎像豹像外星人的问题
也不是它们的眼睛像黄金像蓝宝石像妖怪的问题
而是它们同时都嗜好黑暗
仿佛来自两个不同星系的暗物质
具有星象学和病毒学般难以掌控的不同属性

一只猫和另一只猫或者许多只猫
同时在月光下的雪地上厮杀
在房顶上　草丛中和树林深处追逐
一只猫跳上一块荒废的巨石
或者一棵树略低于鸟巢的地方
或者一座摩天大厦略低于月亮的地方
它的敌人仅仅只是穿透子宫的空气
只是另一只梦一般遥远的更凶暴的猫王
像灼热的流星一样横穿边界

改变了旷野和丛林中风向的结构

就像一个恶棍的敌人是连阴雨
是锁孔深处的污垢和锈
是一个穷人善良的空篮子
和他习惯于沿着路边移动的阴影
在半明半暗里与世无争的谦卑

缓慢陷落的海水之梦

九岁的男孩在海水里陷落
九岁的男孩在胀鼓鼓的塑料救生圈
圈住的胀鼓鼓的海水里陷落

九岁的男孩像小鸟一样
欢叫着独自奔向海水
九岁的男孩打碎了大海的镜子
像嬉戏一样　像进入梦中
在大海的蓝色碎片里陷落

塑料救生圈像个大鸟巢
九岁的男孩像鸟一样住进去
九岁的男孩　毫无心计
像掉入一个陷阱一个牢狱一样
掉入救生圈中心的海水之中
九岁的男孩　毫无经验
像捉迷藏一样进入海水之中

仿佛进入一个缓慢的

也是一个一去不返的海水之梦

不给堆积着泥沙和石头的海滩说声再见

不给粗心父母的恸哭说声再见

不给礁石上的白云和鸟羽说声再见

你见过　你也许从未见过的小孩

绝不连累别人　也不干扰别人
从古到今　从生到死
我将一直是我自己的小孩

像骨头和白日梦一样　我的小孩
他一直住在我自己的内部
如此特别　如此沉静
像一个孤儿住在秘密的村子里
像一只鸟住在星光边缘秘密的巢穴中
像一个镜框住在已被主人遗忘的密室中
像一条鱼住在可以容纳虚无
但却比虚无更难驾驭　比深渊更深
你见过　你也许从未见过的水中

附录

拥有大海才能创造鲸鱼

——答美国《非二元评论》的访谈

答问：阎安

翻译：杜琛　陈锡生

1. 许多艺术家、作家和诗人在不同的领域进行创作，请问您除了诗歌之外，还在哪些领域进行创作？

在我看来，一个能真正驾驭得了诗歌的诗人，无疑可以从事其他任何文体的创作，因为一切语言艺术形式的灵魂和方法都源自诗歌。我本人除以诗歌创作为主外，同时还进行跨文体思想随笔、诗学随笔和小说的创作。我几乎每天都在进行跨文体思想随笔或诗学随笔的写作，几十年如一日，量非常大，有一千多本札记，我用这样的方式介入现实，生活的现实和诗歌的现实，并由此保持自己对世界和诗歌的敏锐和立场，尽管这种立场和态度往往是隐秘的、沉默的、自我的。我也每隔几年时间就进行语言和文体实验色彩很浓的小说写作，我的小说写作也完全是跨文体意义上的写作，不同于一般意义上的小说文体。通过写小说，我训练自己观察和表达的耐心与精确度，区分语言艺术意义上的意象和现实事象之间的关联及其界限，防止写作，尤其是诗歌写作的非诗性泛化。

当然，我必须声明，我本人始终是一个诗歌中心主义者，我的所有写作从本质上来说最终都是指向诗歌的，唯有诗歌和诗性才是语言艺术的最高形态和最高本质。我的跨文体思想随笔、诗学随笔和小说的创作，都是为了在更丰富的语言维度和立场上实现更多的自我觉醒，推动思想训练和现实观察范畴的拓展及精确化，反对现代生活和文学内部那种普遍意义上的对当代诗歌及其语言艺术精神的滥用与腐蚀。用我自己的一个比喻来说，就是我这样做是要“用自己的海水养自己这条鱼”。

2. 当您创作出您的第一篇作品时，您有多少岁？该作品获得过哪些反响？

如果第一篇作品是以脱离了自我的公共传播度为衡量标准的话，我的第一首诗应该创作于大学二年级的时候，它被用中国的毛笔字抄写在一张或两张 1K 粉棉纸上，与其他十多位同学的诗一同张贴于校园的公共场所，那是大学校园里非常轰动的公共事件，为期一周的张贴时间中，围观阅读的人群络绎不绝，那年我十七岁。如果第一篇作品是以成为印刷品进行公共传播为衡量标准的话，我的第一首诗应该创作于大学三年级，当时我所在大学的学生成立了一个自发性的写作团体，叫“布谷鸟诗社”，我被吸收为其中的成员，诗社出了一本铅字印刷的社员诗集，书名为《布谷鸟诗选》，据说印数是八百册，我的一首诗被收录其中，那年我十八岁。我记得，我在大学二年级所创作的那首被张贴在学校大礼堂前的公报栏上的诗歌，题目是《写给一张左边黑右边白的面孔》，诗的大意是从几何学和解剖学视角写人在世界的抽象性和工具性之间的自我挣扎或还原，有一种不合时宜的象征主义的味道。我的那首被铅印在《布谷鸟诗选》中的诗的题目为《未知的雨像思想也像火焰一样燃烧着山谷》，诗中写了一场神秘的雨怎样像火焰一样用末日般微妙的情景和方法摧毁了一座山谷之城和那里的人们。

这两首诗当时在我们的大学校园里引发了强

烈的争论，人们普遍反映读不懂，认为格调过于灰色和颓废。但另一方面，我的同学们和诗社的诗友们，却因为这两首诗，能够面对我的那种包含着叛逆的旁观和游离式的个人状态了，在一定程度上也能够更多地接纳我了。这都是四十多年前的事了，如今一切都已随风飘逝，这两首诗的原稿和底版都没有保存下来，再也无法复原。谢谢您的这个问题，让我能够静下心来，探秘般地重温陷落在生命和时间内部的往事。

3. 您读过的最棒的一句话是什么？

为了不辜负您这个问题所包含的有趣的动机，我想说，最棒的一句话不是只有一句，而是有无限多，就像堆满了经典的图书馆里的经典那么多。在这个极端技术和实用主义腐蚀了人的主体性和能动性的时代，我最信奉也认为最棒的一句话，是我自己的一句话："诗歌是所有文学的灵魂，文化的灵魂，国家的灵魂，民族的灵魂，也是人类的灵魂，文明的灵魂，我们不能设想生活在一个没有诗歌的世界，那样的世界只能是一个活见鬼的世界，一个人性与鬼魅为伍、冰冷麻木、没有关怀和同情、生不如死的世界。”我不知道自己什么时候写下了这句话，偶尔翻阅过去的札记簿时发现了它，但是竟然没有标明写作时间。

4. 您是否在文学或艺术领域接收过正式专业培训？您在创作领域接收教育的方式有哪些？

我大学时期就读的专业是语言文学，这是一个较为系统完整地接受本民族文学艺术和世界文学艺术教育的过程。但是决定一位艺术家、作家和诗人的首要因素是艺术家个人的天赋和领悟力，所以他们最应该接受的教育应该是高度个人化的自我教育。就我个人而言，我的自我教育方式主要是阅读，大量的阅读，无休无止的阅读，不仅阅读本民族的文学、艺术、思想、文化经典，也打破母语视野，阅读世界性的文学、艺术、思想、文化经典，有时我对阅读的入迷程度甚至超过了对创作的入迷程度。同时，我对大众性、社会性的时尚和思潮一直保持着敏锐的关注和观察，会从阅读的角度上积累和分析很多相关的案例与材料。另外，对于一个语言艺术家来说，丰富的、习惯性的外出游历状态也很重要，要经常安排到户外、到异国他乡、到大自然中去游历的日程，在游历中不断积累对未知和陌生世界与事物的体验、认知和新奇感，这是在自我生命和意识中激活艺术创造力至关重要的方式，充分的游历才能把一位艺术家的创作状态变成一个有见识、能够做到融会贯通、可以自由掌控文体开合度的境界。

5. 您在创作生涯中所遇到的最大的困惑是什么?

不能或者不允许面对真实，这样写作就变成了一种对现实进行反抗或者捉迷藏的状态，这会对进入写作内部的探索形成一种干扰和反噬，有时会导致语言艺术品质的降低。现代世界由于高度的专业化和技术化所导致的门类和体系细化但又相互关联的结构性状态，使得它本身具有了一种文体或者类文体的属性，所以现代写作的一个重大变化就是本体修辞对语言修辞的僭越性介入，即用本体修辞本体，用世界修辞世界，用事物修辞事物，不同领域和界限内的事物在艺术语境里实现一种转喻式的验证与澄清式命名。不能面对真实，意味着艺术家要绕开本体修辞，从纯粹语言学的层面上进行技术性修辞，绕道远行来抵达真实，这是一种特别有难度，吃力不讨好的创作局面，它潜伏着或者已经削弱了艺术的时代和现实人性的表达能力、及物能力。

6. 您在创作生涯中收到的，听起来最棒但是最终无用的忠告是什么？

很多人一直告诫我："凭您的才华，您改行写小说吧，那样您会拥有更多的读者，更大的名气，更高的版税。"但是，一想到人类如果没有了诗歌，那就慢慢地连文学都没有了啦，那就等于把人和人性的本质根源都消解了，我还是更乐意做一名诗人。在我看来，第一流的文学艺术创造力只有诗歌才能体现出来，它是诗歌这一文体最基本的文体属性和人文意义。人类既有文明的很多艺术和文化范式可以过眼烟云般的被淘汰，被更新，唯有诗歌能够永恒，人类有多永恒它就有多永恒。

7. 在出版和发表领域，您最希望看到的改变是什么？

不同的语种之间和国家之间，尤其是大语种

之间和大国之间，应该以更开放、更包容、更具有全球化、人类性的眼光和态度，互译互介优秀艺术家、作家和诗人的优秀作品，增强深度性的交流互动，为矫正人类既有文化和文明中包含的偏执和劣根性而积极努力。我认为真正的交流应该是一种经典性、精英性的文明意义上的互动交流，我们在这方面还须做出一些更根本的使得外部因素的干扰和态度能够转变的努力才能改变局面。如果出版总是由资本和商业来操纵的话，不管在哪里，在哪个国度，优秀的文化就会慢慢消解掉它的文明属性，只剩下用来讨好大众消费、商业游戏和满足权力控制嗜好的通俗文化和低俗文化了。在这一点上，互联网不就是这样吗？从我作为诗人的立场来看，我觉得被资本和商业操控的互联网对诗歌是最不人道、最不公平的，这是文明意义上对人自己的遗忘。我认为需要从根本上改革的是我们当下的出版制度和模式。

8. 您的作品是否有一个总的主题，还是每一件作品都是一项新的探索？

任何一位杰出的诗人的作品所拥有的总的主

题都是自然而然形成的，同样地，他所创造的每一个作品都仿佛是从零开始进行的全新艺术探索，也是自然而然的。我所创作的诗歌总的来说都是以人类为主题，这个人类是不同文化领域、不同文明领域、不同时空领域、不同历史时代领域的人类，也包括地球自然维度、天文学维度和现代超级技术维度上的人类。但是每一个作品又都是对这个总的主题的另辟蹊径的抵达或者独特的探索，那是一个无限地发现世界，甚至每一个词语都完全超出常识、被赋予新意的过程，一个像上帝创世一样非同寻常的创造过程。诗人的职业操守和逻辑是否定之否定，拒绝重复，不但要自觉地拒绝重复文学史和艺术史，更要永葆警惕地拒绝重复既往的自己，而这正是诗歌这一最高语言艺术范式的人文属性或文化本性，它总是需要极端性、极限性的原创，就像拥有大海才能创造鲸鱼一样。

9. 当您开始创作一件新作品时，您从哪里开始，如何开始？

这很难说，完全没有常规可以遵循。一定要说的话，我觉得诗歌写作是一种闪电般的灵感对语言和想象力的闪电般的开启，可以从大街上，从旅途中，从一次冥想式的凝视和观察中，从午夜梦中一跃而起开始。围绕霎那之间在意识中产生的一个象征性、寓言性很强的意象，从词到句，从句到一首诗的结构式意境的迅速呈现，迅速地觉醒和弥漫，一首诗的诞生是猝不及防的。诗歌是诗人徒手博取闪电的艺术，是按照闪电的原理解构天空和大地关系的艺术，一个诗人必须具有徒手博取闪电的本领，才能把那个转瞬即逝的瞬间用结构性的意象呈现为可以洞悉人性、抚慰苍生的永恒之约和永恒建构。任何一位诗人，都应该扪心自问："你有这个本领吗？你有手持闪电犹如手持木棍或橄榄枝的本领吗？"

10. 如果您有无限的时光，您想尝试哪项新兴趣？

嘿嘿！如果一个人拥有了无限时光，那就说明世界上没有死亡了，如果世界没有了死亡的危险，世界就停止了，像个纯粹的梦一样，当然诗歌也停止了。不不！我是说拥有无限时光也是完全有可能的，那时候我仍然会选择写诗，选择做一个最杰出的可以和上帝直接掰手腕一较高低的诗人。当然，当我真的可以拥有无限时光时，我更愿意相信那时的整个人类已经变成了上帝或更高的本体了，世界变成了一个超人性的结构和存在了，那我就干脆不写诗了，只做一个好吃懒做、四处闲逛的人，一个除了自由一无所有的人。

图书在版编目（C I P）数据

梦想诊所的北方和雪 / 阎安著. -- 上海 : 上海文艺出版社, 2024. -- ISBN 978-7-5321-9136-9

Ⅰ. I227

中国国家版本馆CIP数据核字第2024BC5768号

发 行 人：毕　胜
责任编辑：张诗扬　吴　旦
封面设计：山川制本workshop
封面摄影：Ivan Broida

书　　名：梦想诊所的北方和雪
作　　者：阎　安
出　　版：上海世纪出版集团　上海文艺出版社
地　　址：上海市闵行区号景路159弄A座2楼 201101
发　　行：上海文艺出版社发行中心
上海市闵行区号景路159弄A座2楼206室 201101 www.ewen.co
印　　刷：上海盛通时代印刷有限公司
开　　本：889×1194 1/32
印　　张：7.875
插　　页：5
字　　数：111,000
印　　次：2025年1月第1版 2025年1月第1次印刷
I S B N：978-7-5321-9136-9/I.7182
定　　价：68.00元

告 读 者：如发现本书有质量问题请与印刷厂质量科联系　T: 021-37910000